Joachim Zelter

Hoch Oben

ROMAN

KRÖNER EDITION KLÖPFER

Joachim Zelter

Hoch Oben

Roman

1. Auflage

in der KrönerEditionKlöpfer

Stuttgart, Kröner 2025

ISBN: 978-3-520-75203-1

Umschlaggestaltung Denis Krnjaić

unter Verwendung eines Fotos von Yan Ots, unsplash.com

Gesamtherstellung: Friedrich Pustet Regensburg

Für Hubert Klöpfer

I describe not men, but manners; not an individual, but a species.

HENRY FIELDING, *Joseph Andrews*

Vorbemerkung

Dieser Roman ist eine Fiktion. Was sonst könnte oder sollte ein Roman sein? Nichts als ein Haufen Lügen, wie der Bischof von Dublin über *Gullivers Reisen* einmal bemerkt hat. So auch hier. Karlsberg ist eine frei erfundene Stadt. Die darin handelnden Figuren sind fiktiv. Kurzum: Es handelt sich um einen Roman.

Von Birmingham über London nach Dover. Dort nahm ich die Autofähre nach Ostende. Die *White Cliffs* der englischen Südküste flimmerten noch im Dunst des grauen Wassers. Allmählich verschwanden sie im Meer. Ab Ostende fuhr ich auf der Autobahn weiter nach Deutschland. Bei Aachen ein erster Stopp. An der Raststätte sah ich eine bildschöne, mir zulächelnde Frau. Ihr ungekämmtes Haar wirkte auf mich wie ein nachlässig gebundener Federschmuck. Als wäre sie soeben aufgestanden oder würde demnächst wieder zu Bett gehen. Warum auch immer sie so betörend lächelte. Am Ende meinte sie womöglich gar nicht mich, sondern jemand ganz anderen. Nach einigen Minuten saß ich wieder am Steuer und folgte den Schildern Richtung Süden. Immer mehr Verkehr und endlose Staus. Für Stunden steckte ich zwischen zwei Baustellen fest, bewegte mich nur noch meterweise vorwärts. Das Radio vermeldete weitere Staus, kaum zu glaubende Kilometerzahlen, die sich zu einem endlosen, nahezu landesweiten Stillstand auftürmten. Jedes ernsthafte Vorankommen schien in weite Ferne zu rücken. Irgendwann beschloss ich, die Autobahn zu verlassen und es auf Nebenstrecken zu versuchen. Endlich wieder so etwas wie Bewegung, obgleich ich kaum mehr wusste, wo ich mich überhaupt befand. Zunehmende Dunkelheit. Ich fuhr auf obskuren Landstraßen, auf denen ich besser nicht hätte fahren sollen. Das Navigationssystem hatte mich in eine völlig entlegene Gegend geführt, an die letzten Ausläufer des Schwarzwaldes. So viel war noch zu erkennen. Die Dörfer wiederholten sich nun, nicht nur ihr Erscheinungsbild (graue Scheunen, verfallene Gasthöfe, verlassene Häuser), sondern auch ihre kaum noch zu unterscheidenden Namen. Sie endeten alle mit der Doppelsilbe *ingen*. Von welcher Richtung ich auf ein Dorf auch zufuhr, manchmal zum wiederholten Male – es handelte sich ausnahmslos um irgendein undefinierbares *Ingen*. Selbst das fügte sich nun in die Monotonie der immer dunkler werdenden Landschaft: Wilfingen, Wolpertingen, Vollmaringen … Wer immer sich derlei Namen einfallen lässt. Grüningen, Gründingen, Möggingen, Mötzingen … Als wäre kein Wort der Welt ohne eine solche Endung mehr denkbar. *Ingen* wie *Zwingen*. Ein ständiger Klingel- oder Begleitton einer nun fast schon panisch werdenden Orientierungslosigkeit.

Und dann plötzlich das reinste Nichts, nicht einmal mehr ein *Ingen*, sondern nur noch vereinzelte Gehöfte, immer grauer und abweisender werdend. Links und rechts das Dunkel dicht stehender Fichten und Tannen. Gelegentliche Bildstöcke. Auch sie führten zu keiner ernstzunehmenden Straße mehr. Stattdessen folgte nun, wie eine Draufgabe, eine Reihe von Umleitungen, ohne Sinn und Verstand. Sie bauten aufeinander auf oder gingen ineinander über, führten mich allesamt im Kreis, einmal und noch einmal und noch ein drittes Mal. Als wäre ich der einzige Mensch weit und breit, der es nicht schafft, eine Umleitung richtig zu deuten. So saß ich am Steuer: entnervt, resigniert, am Ende meiner Kraft. Dazu der ermüdende Rechtsverkehr, zunehmender Nebel und Regen, dann Graupel, die Ortsschilder waren kaum noch zu erkennen …

Mehrere Male überschlug ich mich: einen Abhang hinab, wie in Zeitlupe. Schließlich krachte der Wagen gegen einen Baum. Glassplitter. Der Motor lief noch. Eine Dampffontäne zischte durch die Ränder der Motorhaube. Womöglich war ich tatsächlich ein wenig zu schnell gefahren. Irgendwann ging der Motor aus. Stille. Als würde ich in einem Hotelzimmer liegen und endlich schlafen. Bis irgendwann ein Sanitäter gegen die Tür klopfte. Flankiert von Lichtkegeln. Ein Gemisch aus Blau- und Scheinwerferlichtern. Es war die falsche Tür, gegen die er klopfte, nicht die Fahrer-, sondern die Beifahrertür. Ich versuchte ihm das zu verdeutlichen. Ein englischer Wagen. Das Steuer auf der rechten Seite. Doch er verstand das nicht. Ich bemerkte nun einen zweiten Sanitäter, der ebenfalls unablässig klopfte. Dieses Mal war es die richtige Tür. Man schien zu begreifen, dass hier alles seitenverkehrt war. Links war rechts, rechts war links. Eine Endlosigkeit, bis die Tür endlich geöffnet war, mit mehreren aufeinanderfolgenden Tritten und Schlägen – und dann mit zerrenden Händen. Man trug mich einen Hang hinauf, hob die Trage, auf der ich angeschnallt lag, über Buschwerk und eine verbogene Leitplanke hinweg, hievte mich schließlich in einen Krankenwagen hinein. Dort legte man mir einen Zugang. Durch die geöffnete Tür sah ich noch die Wipfel einiger Tannen. Wie ein Postkartenbild sah das aus. *Greetings from an accident in Germany.* Irgendwann wurde die Tür des Krankenwagens geschlossen. Zum ersten Mal Schmerzen. Der Rettungssanitäter stellte mir einige Fragen, doch von dem, was er zu mir sagte, verstand ich so gut wie nichts. Obgleich ich eigentlich passabel Deutsch spreche. Wir fuhren bereits, langsam und bedächtig. Später sprach der Rettungssanitäter ein paar Worte Englisch mit mir. Ich verstand immer noch nichts. Entweder lag das an meinen Schmerzen oder an seinem Englisch. Über mir schaukelte eine Infusionsflasche. Irgendwann entfaltete das Schmerzmittel seine ganze Wirkung.

Als ich erwachte, war ich bereits operiert worden. Der rechte Arm lag wie unbeteiligt neben mir: bandagiert. Heller Vormittag. Die Sonne schien. Eine halb verborgene Drainage am Bettrand sammelte Sekrete und Blut. Eine Pflegerin kam an mein Bett: Ob ich Schmerzen habe? Weniger, als ich das erwartet hatte, so meine Antwort. Sie wechselte die Infusionsflasche und ging. Eine andere Pflegerin: Ob ich Deutsch spräche? Ich nickte. Ich sprach es die ganze Zeit. Wenn auch mit englischem Akzent.

Ein Mitpatient auf der anderen Zimmerseite: Amerikaner?

Nein, Engländer.

Engländer?

Ja.

Autounfall?

Offenbar ja.

Schuldig?

Was für eine Frage.

Für ihn war es die alles entscheidende Frage. Auf seinem Bett lagen zahlreiche juristische Abhandlungen und Gesetzestexte. Also schuldig oder nicht schuldig?

Ich hatte keine Ahnung.

Eigentlich war es mir egal.

Ihm dagegen war es nicht egal. Ihm schien es alles andere als egal zu sein. Bis er irgendwann abwinkte und sich zum Schlafen zur Seite drehte.

Ein Arzt kam herein. Er blickte auf die Infusionsflaschen und dann auf den bandagierten Arm. Fraktur des Ellenbogens. Olekranonfraktur. Man habe das mittels einer winkelstabilen Platte nachts noch fixiert. Der Arzt sagte das mit einer gewissen Genugtuung, in einem geradezu verständlichen Deutsch. Man reichte mir eine Art Frühstück, das ich mit der linken Hand zu mir nahm. Ich wollte aufstehen, doch der stechende Schmerz in meinem Bein machte jede weitere Bewegung zunichte. Auch das Bein war bandagiert. Man hatte es zudem noch geschient. Unterschenkelfraktur, so der Arzt. Man werde das gegebenenfalls noch operieren.

Operieren?

Ja.

Wann?

In den nächsten Tagen.

In einer Schublade fand ich mein Smartphone und andere Habseligkeiten. Mehr Gegenstände, als ich erwartet hatte. Ich richtete mich auf und schickte an meine Frau in England eine erste SMS. Kleiner Unfall. *Little accident*. Ihre Antwort: *What do you mean by little*? Ich schrieb zurück: *Nothing to worry about. Call you later.* Dabei beließen wir es erst einmal. Dann schrieb ich eine SMS an meine Schwester. Schon seit Stunden erwartete sie mich. Zahllose SMS-Nachrichten von ihr stauten sich auf meinem Smartphone: Wo ich sei? Warum ich mich nicht melde? Seit einigen Jahren lebt sie in Deutschland – sie ist sogar mit einem Deutschen verheiratet. Ihre Antwort war eine Mischung aus Entsetzen und Erleichterung: *My goodness*. Gefolgt von der Frage: *Where are you?*

I haven't the faintest idea.

Bei meinem Mitpatienten erkundigte ich mich nach der Adresse der Klinik. Er antwortete in ausufernden Sätzen. Als wären es gleich drei Städte, in denen ich mich befand. Offenbar in Karlsberg.

Karlsberg?

Jawohl, Karlsberg.

Kein *Ingen*?

Nein, kein *Ingen*.

Wenigstens das.

Soweit ich ihn verstehen konnte, handelte es sich um eine altehrwürdige Stadt, eine Universitätsstadt. Weinberge und verwinkelte Gassen. Eine berühmte Bibliothek. Die Stadt anscheinend eine Art Oxford für Schwaben, so später auch meine Schwester. Als wollte sie mich (oder sich selbst) damit ein wenig beruhigen. Die mich behandelnde Klinik, so mein Mitpatient, sei die beste weit und breit. Wie um das zu unterstreichen, hörte man die Rotoren eines nahenden Rettungshubschraubers. Er landete – seinen eigenen Lärm weithin aufwirbelnd – auf dem Dach des Klinikums.

Ein Polizist trat ins Zimmer und befragte mich zum Unfallhergang.

Auf welcher Straßenseite ich gefahren sei.

Natürlich auf der Rechten.

Sind Sie sicher?

Ja.

Für ihn schien es eher die Linke gewesen zu sein. Allein schon aufgrund der Bremsspuren. Er zeigte mir Fotos: Sehen Sie. Als könnte ein Engländer gar nicht anders, als früher oder später auf der linken Seite zu fahren.

Meine Verwirrung wegen der ständigen Ortsnamen mit der Endung *Ingen* ließ er nicht gelten. Damit müsse selbst ein Ausländer umgehen lernen.

Müsse er das?

Jawohl.

In jedem Fall nicht angepasste Geschwindigkeit. So der Polizist. Man werde das noch überprüfen lassen. Seitens eines Unfallsachverständigen. Der Wagen sei gute fünfzig Meter von der Straße entfernt an einem Waldrand aufgefunden worden. Totalschaden. Er sei nicht mehr zu reparieren. Man könne ihn nur noch verschrotten.

Verschrotten?

Jawohl.

Es war nicht mein Wagen, sondern der Wagen meiner Frau.

Der Polizist: Das tue ihm leid.

Mir tat es ebenfalls leid.

Und meiner Frau wahrscheinlich noch viel mehr.

Ein anderer Arzt, den ich bislang noch nicht gesehen hatte, trat an mein Bett und erkundigte sich nach meiner Krankenversicherung. Ein leicht sorgenvoller, wenn nicht gar mahnender Blick. An seinem Kittel war ein Schild zu sehen: *Stabsstelle Finanzen*. Ich reichte ihm sämtliche Karten, die sich in meinem Geldbeutel befanden: Private Krankenversicherung, Auslandskrankenversicherung, Unfalltransportversicherung, *Visa Card*. Langsam hellte sich sein Gesicht auf. Das sei ja durchaus vielverheißend.

Mit einem Rollstuhl wurde ich zum Röntgen gefahren: sowohl zur Überprüfung des operierten Ellenbogens als auch im Hinblick auf die weitere Behandlung des gebrochenen Beins: ob konservativ oder operativ? Und wenn Operation, dann die Frage: wann und wie?

Meine Schwester kam mich besuchen. Sie brachte Kuchen und einige Kleider. Sie war erleichtert, dass ich nicht ganz so schlimm aussah, wie sie das befürchtet hatte, zeigte sich sogar angetan von der Klinik, von den großzügigen Zimmern, den modernen Glasfronten und den freundlichen Pflegern. Besser als die meisten Krankenhäuser des *NHS*, des Nationalen Gesundheitsdienstes in Großbritannien, was keine allzu große Kunst ist. Sie half mir in einen Rollstuhl und fuhr mich auf eine

Terrasse. Von dort aus eröffnete sich uns ein spektakulärer Blick auf die Stadt, auf den Fluss, auf einige Weinberge und auf die altehrwürdige Karlsburg. Ich machte Fotos. Sie wirkten auf mich wie die Ansichten einer Urlaubsreise.

Später brachte die Polizei mein gesamtes im Auto verteiltes Gepäck. Nebst Fahrzeugpapieren und einem Bericht des Unfallsachverständigen. Zu hohe Geschwindigkeit. Gutachterlich nach allen Regeln der Kunst beschieden. Ich unterschrieb zahlreiche Formulare, meldete den Unfall telefonisch bei meinen Versicherungen …

Ich schlief. Träumte noch den Satz: Man könne ja nicht damit anfangen, die Orte einer ganzen Region für ein paar wenige Touristen umzubenennen. Immer noch ging es um das Thema *Ingen* …

Mit einem Windstoß öffnete sich die Tür. Eine Pflegerin setzte mich in einen hereingefahrenen Rollstuhl und legte sämtliche zu mir gehörenden Infusionsflaschen auf meinen Schoß. Mein schlafender Mitpatient wurde ebenfalls geweckt und schneller als sonst in seinen Rollstuhl gehievt. Gemeinsam wurden wir auf den Flur geschoben. Dort befand sich bereits eine ziemliche Ansammlung von Patienten: in Rollstühlen oder auf Krücken Richtung Aufzug humpelnd, von den Pflegern und einem herbeieilenden Arzt geradezu angetrieben, mit der Bitte um Beeilung. Ein Feueralarm oder sonstiger Alarm? Niemand hatte eine Ahnung. Ein gewaltiger Aufzug, in den wir geschoben wurden. Man hätte ein Auto in ihm transportieren können. Auf der Anzeige sah man die Stockwerke (OP, Handchirurgie, Intensiv), an denen wir vorbeifuhren. Die Tür öffnete sich und wir waren auf dem Dach des Klinikums. Wieder der spektakuläre Blick. Etwa dreißig bis vierzig Patienten hatten sich dort versammelt, stehend oder in Rollstühlen sitzend, begleitet von Pflegerinnen und Pflegern. Noch immer dachte ich an einen Feueralarm. Doch von einem Feuer war nichts zu sehen. Auch nirgendwo ein Feuerwehrwagen. Dafür zwei Polizisten, die uns gegenüberstanden, sowie eine Blaskapelle, flankiert von einer Reihe von Offiziellen, offenbar nicht zur Klinik gehörend. In ihrer Mitte stand ein Mann, ein wenig größer als die anderen. Er trug eine Mischung aus Regen- und Försterjacke und hielt ein Megafon in der Hand. Man schien ihn zu kennen oder wiederzuerkennen. Ein Patient neben mir richtete sich trotz Schmerzen unmerklich auf. Als würde er Haltung annehmen oder sich von innen aufpumpen. Das ist … Wer auch immer. Anscheinend der Oberbürgermeister der hiesigen Stadt, sagte eine bandagierte Frau. Offenbar handelte es sich um einen offiziellen Besuch oder um einen Empfang. Diejenigen unter uns, die noch stehen konnten, standen feierlich. Man sah sogar ein Fernsehteam.

Der Oberbürgermeister begann zu sprechen. Hinter mir hörte ich einen Namen: Thorwald Burger. Ich hörte den Namen zwischen Rollstühlen und aufgestützten Patienten: geflüstert, gesprochen oder geseufzt. Das ist Thorwald Burger, der Oberbürgermeister. Er sprach bereits: anlässlich der feierlichen Eröffnung einer neuen

Aufzugsanlage, jener Aufzüge, mit denen wir soeben nach oben gefahren worden waren. Mit einer einzigen Unterschrift habe er all das veranlasst und werde noch Weiteres veranlassen, die Klinik in den nächsten Jahren kontinuierlich erneuern und vergrößern, sie zu einem Leuchtturm ausbauen der modernsten und allermodernsten Medizin …

All die Patienten, die mit ihren Verbänden, Drainagen, Fixateuren und Infusionsflaschen auf dem Klinikdach aufgereiht standen, oder in Rollstühlen saßen; sie vermittelten den Besuchern wohl einen Eindruck von den vielfältigen Behandlungsmöglichkeiten der Klinik. Ein herbeigerufener Arzt bestätigte das. Und zugleich verdeutlichte unsere Anwesenheit auch, wie viele Patienten man in kürzester Zeit mit der neuen Aufzugsanlage auf das Dach der Klinik transportieren konnte: an die vierzig Patienten in nur fünf Minuten. Doch dies nur nebenbei. Schon nach wenigen Sätzen nutzte der Bürgermeister seine Anwesenheit zur Verkündung ganz anderer, viel weitreichenderer Vorhaben: seien es nun neue Landeplätze für Rettungshubschrauber oder neuartige Solaranlagen oder geradezu futuristische Operationssäle … Und er sprach schon gar nicht mehr nur über die Klinik, sondern über die Stadt Karlsberg ganz allgemein: eine offenbar in jeder Hinsicht vorbildliche und gelungene Stadt, altehrwürdig und zugleich bahnbrechend neu. Er ging nun auf und ab und listete die Neuerungen auf: neuartige Busse, neue Stadtviertel, neue Energiequellen, ein schwimmendes Studentenwohnheim oder eine spektakuläre Fahrradbrücke, die sich mehr als hundert Meter hoch über das Tal spannte. Ihre letzten Ausläufer waren vom Klinikdach aus noch zu sehen.

Die Offiziellen an seiner Seite schauten und nickten, obgleich die ersten Patienten bereits sichtbar gekrümmt standen. Ein Arzt gab dem Oberbürgermeister ein Zeichen, dass einige der Patienten tatsächlich ein wenig müde seien. Er erklärte ihm: Wir seien alle Verunfallte. Überwiegend Auto- und Motorradunfälle. Zum Teil erst vor wenigen Tagen operiert worden. Daher noch etwas wackelig auf den Beinen. Er möge das bitte berücksichtigen.

Bitte berücksichtigen.

Ich sah mich – in Zeitlupe – in meinem sich überschlagenden Wagen sitzen. Die Airbags öffneten sich, einer nach dem anderen, und ich hörte die Schläge, immer weitere Schläge, wie Hammerschläge oder unerbittliche Ratschläge, die mit jedem Überschlag das Auto ein wenig mehr zertrümmerten, bis es irgendwann auf dem Dach zum Liegen kam.

Ich schloss die Augen.

Und hatte immer noch Schmerzen.

Motorrad- und Autounfälle.

Der Oberbürgermeister betonte diese beiden Wörter. Wie ein Apropos. Motorrad- und Autounfälle. Als hätte er diese Wörter längst erwartet. Er räusperte sich. Aus dem Stegreif präsentierte er nun Unfallstatistiken …

Während ich immer noch in dem zertrümmerten Wagen lag und sich in mir all die Schläge ausbreiteten, die auf mich und das Auto eingegangen waren. Und dieser Schlag und jener Schlag und noch ein Schlag …

Und der Oberbürgermeister weiterhin Unfallstatistiken präsentierte (Unfallzahlen, Zugangszahlen, Fallzahlen, Genesungszahlen), und nicht nur Unfallstatistiken, sondern bei dieser Gelegenheit auch einige ganz allgemeine Zahlen, insbesondere Verkehrszahlen. Wie ein Lehrer an einer Tafel verdeutlichte er die Kosten von all dem: Unfallkosten, Heilbehandlungskosten, Pflegekosten und sonstige Kosten …

Ob das wirklich nötig sei.

So hörte sich das an.

Ob das wirklich nötig sei.

Manche auf Krücken gestützte Patienten begannen zu wanken. Wie Schiffe auf hoher See. Die Rede des Oberbürgermeisters ging jetzt schon über zehn Minuten. Vorsichtiger fahren, umsichtiger fahren oder noch besser überhaupt nicht mehr fahren. Er präsentierte Busfahrpläne. Gefolgt von weiteren Verkehrsstatistiken. Und einigen philosophischen Bemerkungen zu den Worten *Zufall* und *Unfall*. Unfall nicht gleich Zufall. Zufall nicht gleich Unfall …

Während ich noch einige letzte dumpfe Schläge spürte, wie Nachschläge oder beiläufige Nackenschläge, bis sich das endlos lang sich überschlagende Auto endgültig beruhigt hatte.

Ein Arzt – offenbar ein Oberarzt – gab dem Oberbürgermeister jetzt zu verstehen, dass es genug sei: an Zahlen, Formeln und Statistiken. Dies sei eine Klinik und kein Verkehrsseminar. Doch der Oberbürgermeister hörte das kaum. Er schien nun im Innersten seiner Gedanken, sprach von Nahverkehrstaktungen. Als wäre das ein Ausweg. Nahverkehrstaktungen. Seine Stimme klang in diesem Moment ungewöhnlich leise, fast mit einer gewissen Anteilnahme, wie ein Klinikseelsorger, um dann plötzlich wieder geradezu aufbrausend eine weitere Zahlenfolge zu zitieren …

Der Oberarzt machte nun ein sehr deutliches Zeichen zur sofortigen Beendigung der Veranstaltung. Es reicht! Anscheinend waren wir entgegen seinem dringenden Rat auf das Dach der Klinik gebracht worden. Es ist jetzt wirklich genug!

Für einen Moment wirkte der Oberbürgermeister angesichts von so viel Widerspruch perplex. Er beendete den Satz noch, dann stapfte er davon, mit einem Ausdruck offensichtlichen Beleidigtseins. Davor ließ er noch Freifahrtscheine für Busse verteilen. Eine Kamera filmte das. Dann war er nicht mehr zu sehen. Die Patienten standen ratlos. Die Ärzte und Pfleger ebenfalls. Die Blaskapelle fing an zu spielen. Nach und nach setzten sich die ersten Patienten wieder in Bewegung. Sie fuhren oder humpelten Richtung Aufzug. Ein Patient neben mir machte beim Laufen Schwimmbewegungen. Anders schien er kaum laufen zu können. Das Kamerateam filmte immer noch. Aus der Ferne hörte man die Rotoren eines nahenden Hubschraubers.

In den Korridoren der Station herrschte eine ungläubige Stille. Denken Sie einmal darüber nach. So saßen oder lagen wir da. Jeder in seinen eigenen Gedanken. Ein wenig ungläubig, ob all das tatsächlich so gesagt worden war oder vielleicht doch ein wenig anders: wohlwollender und wärmer. Ein Pfleger, der das Mittagessen brachte, informierte mich darüber, dass der Oberbürgermeister manchmal gar nicht anders könne, als in aller Offenheit zu sprechen.

In aller Offenheit zu sprechen.

Der Pfleger schob mich an einen Tisch: Die auf dieser Station behandelten Patienten seien in der Tat alles Verunfallte, überwiegend Verkehrsunfälle. Die Ansprache des Oberbürgermeisters sei also nicht gänzlich von der Hand zu weisen. Er spreche nur aus, was viele nicht auszusprechen wagten, selbst dann, wenn er mit manchen Formulierungen etwas zu weit gehe.

Etwas zu weit gehe.

Es dränge den Oberbürgermeister hin und wieder zu deutlichen Worten. Er hätte es sich auch leicht machen und eine nichtssagende Rede halten oder gar keine Rede halten können, die Patienten einfach in ihren Betten liegen lassen können. Als wäre nichts geschehen. Doch der Oberbürgermeister handle und denke anders. Er nehme die Dinge nicht einfach hin. Nicht einmal Verkehrsunfälle nehme er so ohne Weiteres hin. Er fahnde nach den Ursachen. Er suche nach den Stellschrauben. Er definiere Probleme. Er markiere soziale Gruppen und gebe sie dann frei: für gesellschaftspolitische Debatten.

Gesellschaftspolitische Debatten.

Er hätte natürlich auch über ganz andere Menschengruppen sprechen können, weit weg von hier. Ein gewöhnlicher Bürgermeister hätte vielleicht so gesprochen: über Abwesende statt über Anwesende. Nicht aber Burger. Er sei von Grund auf anders. Was immer in diesem Land auch falschlaufe, er bringe es auf den Punkt. Von Angesicht zu Angesicht. Heute eben, da er nun einmal in einem Krankenhaus gesprochen hatte, habe er sich offenbar – vielleicht sogar ganz spontan – den verunfallten Autofahrern zugewandt. Ich solle das nicht persönlich nehmen. Es gehe ihm um das Große und Ganze. Und nicht um Freundlichkeiten. So der Pfleger. Und er trug das Mittagessen wieder ab.

Mein Mitpatient klingelte nach Schmerztabletten. Niemand kam. Seit dem Vormittag waren seine Schmerzen immer schlimmer geworden. Ich fragte ihn, wie das möglich sei, Patienten aus den Betten zu zerren, sie auf das Dach einer Klinik zu verfrachten und einer derartigen Rede auszusetzen. Er suchte nach Antworten, die er kaum fand. Er wirkte ratlos und erschüttert, weniger über die Ansprache des Oberbürgermeisters als vielmehr über sich selbst. Was mache ich nur für Sachen? So saß er in seinem Bett. Er hatte eine rote Ampel überfahren. Einmal mehr studierte er juristische Abhandlungen.

Andererseits spürte ich bei ihm einen gewissen Stolz, den Oberbürgermeister einmal aus nächster Nähe gesehen zu haben – wenn auch unter nur wenig vorteilhaften Umständen. Er drehte sich zu mir und sagte: wahrlich kein Bürgermeister von der Stange. Er sei immer für eine Überraschung gut. Der Schock einer derartigen Ansprache könne im Übrigen auch heilsam sein. Es gehe ihm nach dieser Ansprache schon ein wenig besser.

Besser?

Jawohl, deutlich besser.

Trotz seiner Schmerzen.

Er versuchte zu schlafen.

Ich versuchte es ebenfalls.

Abends hörte ich dann plötzlich einen Aufschrei: Burger! Er war im Fernsehen. Mein Mitpatient hatte ihn entdeckt und drehte den Fernseher nun auf volle Lautstärke. Fast wäre er dabei aus dem Bett gefallen. Burger. Man sah ihn mit seinem Megafon in der Hand auf dem Dach des Klinikums. Ihm gegenüber standen oder saßen – wie ertappte Ladendiebe – die Patienten. Für den Bruchteil einer Sekunde sah ich mein eigenes Gesicht. Betreten, obwohl im Rollstuhl sitzend, betreten. So wie die anderen Patienten auch, ob nun sitzend oder stehend: desorientiert, überwältigt und betreten. Die Bildüberschrift lautete: *Burger redet Klartext.* Dann die nächste Nachricht …

Mein Mitpatient schnarchte.

Ich lag noch wach.

Die Bemerkung einer Pflegerin noch im Ohr: Natürlich sei Burger nicht immer nett zu allen. Aber wer sei das schon? Er spreche übrigens nicht nur in Kliniken, sondern auch in anderen Einrichtungen, in Jugendhäusern, Asylunterkünften oder Altersheimen, wann immer ihm etwas auf dem Herzen liege. Er sei ein famoser Redner. Jederzeit zu einer Rede bereit.

Jederzeit zu einer Rede bereit.

Man hätte natürlich auch ganz andere Patienten auf das Dach der Klinik bringen können, internistische oder neurologische Patienten oder auch Patienten aus der Onkologie, doch hätte die Ansprache des Oberbürgermeisters dann wohl nicht dieselbe Wucht gehabt.

* * *

Stabsstelle Finanzen. Dort sollte ich mich einfinden. Da es einige Probleme mit der Übernahme der Behandlungskosten gebe. Meine Versicherungen in England weigerten sich offenbar, die Kosten zu übernehmen. Endlose Telefonate nach England und eine vorläufige Rechnung, die mir überreicht wurde. Mit der Bitte um baldmöglichste Begleichung. Ich reichte meine Visa-Karte, die jedoch nur bis zu zweitausend Euro gedeckt war. Mein Konto war ohnehin schon seit geraumer Zeit völlig überzogen. Telefonate mit meiner Frau. Auch sie wusste keinen Rat. Warum ich überhaupt nach Deutschland gefahren sei? Für sie ergab das überhaupt keinen Sinn. Für mich eigentlich auch nicht. Jedenfalls nicht mehr.

Man drohte sogar mit meiner vorzeitigen Entlassung, sollte ich die Rechnung nicht innerhalb der nächsten drei Werktage begleichen können, schickte mich daraufhin in eine Art Sozialstation. Dort saß eine resolute

Sachbearbeiterin. Sie blätterte meine Unterlagen durch und sagte: Auch das noch.

Ich fragte: Was ist denn sonst noch?

Wie bitte?

Was ist denn sonst noch, wenn Sie sagen: Auch das noch? Sonst würden Sie das ja nicht sagen.

Sie meinte offenbar den Unfall. Fährt Auto, verursacht einen Unfall und kann dann noch nicht einmal die Rechnung bezahlen. Vielleicht sagte sie aber auch: ist Engländer, baut einen Unfall und kann dann seine Rechnungen nicht bezahlen.

Sie erörterte mit mir diverse Finanzierungsmöglichkeiten: einen Bankkredit oder Beihilfen seitens der Britischen Botschaft …

Wollen Sie das?

Nein.

Oder ein spezieller Tilgungsplan.

Tilgungsplan?

Sie reichte Broschüren und Unterlagen, sprach von Tilgungsmöglichkeiten in den unterschiedlichsten Tätigkeitsbereichen. Leichte Büroarbeiten oder sonstige dem jeweiligen Verletzungsgrad eines Patienten angepasste Arbeiten. Teil eines städtischen Programms, offenbar von Oberbürgermeister Burger persönlich initiiert. Die Stadt suche händeringend nach Personal.

Auf ihrem Computerbildschirm erschienen bereits einige infrage kommende Stellen. Zum Beispiel die Stelle in einer Kindertagesstätte.

Kindertagesstätte?

Als eine Art pädagogische Hilfskraft. Mein Englisch könnte hierbei hilfreich sein.

Warum gerade mein Englisch?

Weil ich mit den Kindern hin und wieder Englisch sprechen könnte. Nicht wenigen Eltern sei das wichtig. Zumal in einer Stadt wie Karlsberg.

Sie nannte einige andere Stellen, doch am erträglichsten erschien noch die Kindertagesstätte. Leichte Arbeit, überwiegend im Sitzen, nette Kolleginnen, eine (wenn auch nur bescheidene) Unterkunft, eine zügige Tilgung der Krankenhauskosten, sogar eine Art Taschengeld … Denken Sie einmal darüber nach.

Ich telefonierte mit meiner Zeitung in England, erklärte ihnen meine Lage: Unfall, Krankenhaus, Deutschland … Von den Klinikkosten sagte ich besser nichts. Auch nichts von dem obskuren Tilgungsplan. Stattdessen mein Angebot an die Redaktion, eine Reportage über einen etwas eigenwilligen Oberbürgermeister zu schreiben, der völlig irrwitzige Reden hält.

Zunächst nur ein sehr verhaltenes Interesse, trotz meines Berichts über dessen Ansprache auf dem Klinikdach. Ein Minister oder Kanzler wäre ihnen lieber gewesen. Man versprach mir, seinen Namen zumindest einmal zu googeln.

Wie zum Beweis war er an diesem Abend wieder im Fernsehen. Eine Pflegerin nahm mir gerade Blut ab und sah ihn auf dem Bildschirm. Sie achtete kaum noch auf die Spritze oder auf mein Blut, derart gebannt starrte sie auf ihn. Burger. Er saß in einem hell erleuchteten

Fernsehstudio. Ihm gegenüber saßen ein Minister und ein Philosoph. Ein Arzt und ein weiterer Pfleger waren in der Zwischenzeit an mein Bett getreten, um das zu sehen. Burger saß mit übereinandergeschlagenen Beinen in einem Ledersessel, als säße er zuhause, alles nicht der Rede wert. Trotzdem sprach er. Als wäre das alles *durchaus* der Rede wert, besonders das, was er in diesem Moment sagte. Er sprach nicht über Kliniken oder Unfälle (das schien bereits weit weg), sondern über ein völlig anderes Thema. Offenbar ein Thema von größter Aktualität, das auf ein deutliches Wort oder eine entscheidende geistige Wendung von ihm wartete. Hin und wieder versuchte der Minister ihm gegenüber einige Halbsätze zu formulieren: *Ich finde, Ich denke, Ich meine* …, doch er wurde von Burger sogleich unterbrochen. Dass das nicht den Tatsachen entspreche. So Burger. Und auch keinem Plan oder irgendeiner nachvollziehbaren Logik. Erstens, zweitens, drittens … Die Erwiderungen des Ministers schienen demgegenüber nur noch ein entferntes Stammeln, während Burger sich nun in einen Zahlenrausch sprach, der all das, was der Minister hatte sagen wollen, in jeder Hinsicht widerlegte …

Wer ist hier Minister?

Und wer hier Bürgermeister?

So klangen Burgers Sätze.

Wie eine durchgehende Widerlegung.

Von richtig und falsch.

Von oben und unten.

Und von allem anderen.

Die Pflegerin an meinem Bett nahm mir immer noch Blut ab – die Spritze war bereits randvoll, doch sie sah das gar nicht. Sie starrte unaufhörlich auf Burger. Jedes Wort, das er sprach, schien von einer gewaltigen Tragweite, von einer unabweisbaren Dringlichkeit und Logik. Nicht: Ich finde, Ich denke, Ich meine …, sondern erstens, zweitens, drittens … Nackte Tatsachen. Er sprach stakkatoartig, wenn schon keine Lösungen präsentierend, so doch zumindest Schuldige, die diesen Lösungen im Wege stehen – und schon dieser Umstand schien eine Wohltat. Es endlich einmal auszusprechen. In aller Deutlichkeit. Was immer der Philosoph in der Sendung an Bedenken noch vorbrachte; Burger wies sie mit wenigen, nur beiläufig gesprochenen Zahlen zurück. Papperlapapp. Es darf einmal gesagt sein. Ja, es muss einmal gesagt sein. In aller Deutlichkeit. So jedenfalls bewegten sich die Lippen der Pflegerin. Sie bewegten sich unmerklich zu seinen Lippen. Als würde sie seine Sätze nachsprechen.

* * *

Früh am nächsten Morgen wurde ich geweckt und in das Kinderhaus gefahren. Die Leiterin, eine Frau Reinders, begrüßte mich. Sie half beim Aussteigen und führte mich in eine winzige Einliegerwohnung. Erst jetzt, ohne einen Rollstuhl, bemerkte ich, dass ich kaum laufen konnte – Frau Reinders trug nicht nur das Gepäck, sondern musste mich dazu noch stützen. Was haben *Sie* denn gemacht?, so blickte sie mich an, nicht wissend, was ich in ihrer Kindertagesstätte eigentlich bewirken sollte: angesichts eines operierten Ellenbogens und eines gebrochenen Beins. Nur mit einer Krücke war es überhaupt möglich, einige wenige Schritte zu gehen – es handelte sich eher um ein konvulsionsartiges Gehüpfe, das ich immer wieder tief atmend unterbrechen musste. Frau Reinders ging in ihr Büro und telefonierte. Offenbar fragte sie bei irgendeiner städtischen Stelle nach, wozu meine Anwesenheit überhaupt gut sein sollte. Ich hörte das Wort *Wrack*. Ein gesundheitliches Wrack. Doch ihre anfänglich noch deutlich zu vernehmende Stimme verstummte zunehmend. Man gab ihr irgendeine Erklärung. Schließlich legte sie auf und reichte mir eine Tasse Kaffee. Ansonsten war das Kinderhaus um halb acht Uhr morgens noch leer. An den Wänden sah man Mosaikbilder aus dem letzten Jahrhundert: zum Beispiel einen störrischen Esel, den Kinder in einen Stall ziehen …

In einer Ecke richtete sie ein Matratzenlager für mich her, auf das ich mich setzen oder vielmehr legen sollte. Als die ersten Kinder mich sahen, wirkten sie zunächst verschreckt. Es war ein Junge, der schließlich zu mir kam und mich vorsichtig beäugte …

Ob ich von einem Baum gefallen sei?

Nein, so meine Antwort, ein Unfall.

Unfall?

Ein Autounfall.

Und was ist das, ein Autounfall?

Ein Unfall mit einem bösen Auto.

Und was ist das, ein böses Auto?

Ich griff nach einem Spielzeugauto und machte es ihm vor. Daraufhin brachte er eine ganze Kiste mit weiteren Autos, mit denen er nun auf mir spielen wollte, fuhr mit ihnen auf meinen Beinen auf und ab, immer schneller werdend, mit aufheulenden Motorengeräuschen, bis meine Schmerzen stechend wurden.

Warum ich so komisch spreche?

Weil ich Engländer bin.

Engländler?

Nein, Engländer.

Was das sei, ein Engländer?

Ich hatte keine Ahnung.

Eine Insel.

Eine eigene Sprache.

Eine andere Welt.

Man fahre dort sogar links.

Der Junge: Links?!

Ja, links.

Er konnte das nicht glauben.

Nach und nach kamen andere Kinder dazu, mehr Kinder, als es Frau Reinders überhaupt recht war. Sie beäugten mich wie ein verwundetes Tier. Später flogen erste Bauklötze und Fußbälle. Manchmal schrie ich auf, wenn ich von einem Ball getroffen wurde. Andere brachten Kekse und Sprudel. Oder sie beäugten mein Smartphone, das nun plötzlich klingelte. Ein Anruf aus England. Die Zeitungsredaktion. Ob ich gerade schwimme? Oder in einem Schwimmbad sei. Man fragte das wegen des lauten Kindergeschreis, wähnte mich offenbar in einem Schwimmbad. Ich erklärte ihnen, ich sei bereits mitten in der Recherche. Thorwald Burger. Wir einigten uns auf einige wenige Probeseiten, die ich demnächst schicken sollte.

Später dann war meine Schwester am Telefon. Sie war außer sich. Nicht nur wegen meiner vorzeitigen Entlassung, sondern weil ich ihr nicht Bescheid gegeben hatte. Warum man mich überhaupt so früh entlassen habe? Ich versuchte es ihr so schonend wie möglich zu erklären. Als ich den Betrag der Klinikrechnung nannte, wurde auch sie ein wenig kleinlaut. Das sei ja eine ziemliche Rechnung. Ich ließ das alles in einem anderen Licht erscheinen, indem ich ihr von meinen Recherchen berichtete. Ich sei bereits mittendrin in einer hochinteressanten Recherche.

Was für eine Recherche?

Über den hiesigen Oberbürgermeister.

Burger?

Jawohl, Thorwald Burger.

Stille.

Da ich nun einmal hier sei und der Mann offenbar eine Berühmtheit sei und ich – außer meiner Tätigkeit im Kinderhaus – ohnehin nicht allzu viel zu tun hatte: warum dann keine Reportage über Thorwald Burger?

Sie konnte es nicht wirklich erklären, aber sie riet mir dringend davon ab. Sie hatte ihn bereits einige Male im Fernsehen erlebt. Er sei anders als die üblichen Politiker. Undurchschaubar anders. Man wisse kaum, wer er eigentlich sei oder was er überhaupt wolle – außer präsent zu sein. Unberechenbar und allumfassend präsent. Und mit ihm sei eine immer größere Anzahl von Anhängern, die womöglich auch nicht genau wüssten, wer sie seien oder was sie eigentlich wollten, die sich aber gerade deshalb umso mehr von einem Mann wie Burger angezogen und verstanden fühlten. An die Hand genommen und verstanden. So meine Schwester. Als wäre er, Burger, zu groß, zu übermächtig für mich. Als würde ich mich mit einer solchen Reportage auf sehr dünnem Eis bewegen und mich – ohne Not – in unabsehbare Schwierigkeiten bringen.

Ich fand ihre Bedenken übertrieben.

Sie dagegen nicht.

Die Kinder folgten diesen Gesprächen mit einer gewissen Neugierde, offenbar wegen des Englisch. Lange und gewundene Sätze, die ich ins Telefon sprach und die meine Schwester ein wenig beruhigen sollten: *Taking part in some kind of obscure project … Seems to be worth a try … Hospital bill will be gradually paid off, little by little, while I am doing practically nothing … In the meantime, I am taking notes for my research …* Die Kinder, sie schienen Freude zu haben am Klang dieser Sätze.

Abends war ich todmüde, obgleich ich den ganzen Tag kaum mehr getan hatte, als zu liegen, jedoch ständig belagert von hüpfenden, schreienden, sich streitenden oder Englisch hören wollenden Kindern. Ich humpelte in die Einliegerwohnung. Neben mir wohnte eine weitere pädagogische Hilfskraft namens Corinna. Zu meiner Überraschung brachte sie mir belegte Brötchen. Erst jetzt merkte ich, dass ich keine Lebensmittel hatte. Das nächste Geschäft war – zumal mit dem gebrochenen Bein – unerreichbar weit weg. Sie setzte sich zu mir. Wir saßen auf Kinderstühlen. Aus einem Kühlschrank holte sie zwei Flaschen Bier.

Wie ich heiße?

Jeremy Ash.

Jeremy Ash?

Ja.

Das sei ein komischer Name.

In der Tat, ein komischer Name. Als wäre ich schon gar nicht mehr am Leben.

Sie lachte.

Sie fragte, ob ich Schmerzen hätte.

Manchmal mehr, manchmal weniger.

Ich erzählte ihr von meinem Unfall.

Dann saßen wir schweigend.

Ich fragte sie, seit wann sie Kindergärtnerin sei und wie man zu einem solchen Job überhaupt komme.

Ihre Antworten klangen einsilbig.

Ob sie denn Kinder möge?

Nicht unbedingt. Eigentlich hasse sie Kinder.

Hassen?

Sie seien noch schlimmer als die Erwachsenen.

Warum sie dann hier arbeite?

Dass sie einige Zeit auf der Straße gelebt habe.

Auf der Straße?

Ja.

Jahrelang war sie davon ausgegangen, dass sie da nie

wieder herauskommen werde, dass kein Mensch auf der Welt sie jemals für irgendetwas benötigen oder brauchen werde, und dann sei ihr plötzlich mitgeteilt worden, dass man sie eventuell doch noch gebrauchen könnte, zum Beispiel in einer Kindertagesstätte, und sei es nur als eine Art pädagogische Hilfskraft oder Küchenhilfe. Oder beides zusammen. Da sei man jahrelang ein Niemand, ein Nichts, und dann werde man plötzlich aus heiterem Himmel irgendwo gebraucht – und könne es noch immer nicht glauben. So sprach sie, bis sie müde wurde, aufstand und ging.

Am nächsten Tag waren die Kinder deutlich unruhiger. Es flogen wieder Fußbälle. Ein Spielzeugauto traf mich am Bein. Ein Mädchen fragte, ob ich wirklich jemanden totgefahren hatte? Ich verneinte. Mehrere Male. Trotzdem weinte sie. Sie drückte einen Plüschhasen an ihre Brust. Als wollte man sie in ein dunkles Zimmer sperren. So heftig weinte sie. Die anderen Kinder riefen: *Engländler, Engländler!* Oder: *Raser.* Oder *Humpelmann*, was ich, sobald ich auch nur einige wenige Schritte ging, kaum bestreiten konnte. Frau Reinders versuchte die Kinder zu beruhigen: Niemand, den ich totgefahren hatte, weder einen Erwachsenen noch ein Kind noch ein Tier. Trotzdem skandierten die Kinder weiter: *Humpelmann, Humpelmann* … Ob alle Menschen in England humpelten? Ich verneinte. Nicht alle. Nur einige wenige. Die Kinder wollten es genau wissen: wie viele? Wie viele? Ich gab ihnen irgendeine Antwort. Doch sie glaubten mir nicht. Oder wollten mir nicht glauben.

Selbst Eltern begannen, sich zu informieren, sei es nun telefonisch oder vor Ort: Was es mit diesem obskuren Engländer auf sich habe? Durch ein geöffnetes Fenster blickte man auf mein Matratzenlager. Ob die Anwesenheit eines solchen Menschen hier wirklich förderlich sei? Frau Reinders' Antwort: Fragen Sie bei der Stadt nach. Sie habe damit nichts zu tun.

* * *

Am Wochenende war es im Kinderhaus völlig still. Nur aus Corinnas Zimmer kam gelegentlich Musik. Ich saß an einem Kinderschreibtisch und machte mir erste Notizen für meine Reportage, und sei es nur deshalb, um hier irgendetwas zu tun, außer auf einer Matratze zu liegen oder planlos herumzusitzen: Burger, Thorwald Burger …, der Name, der mich die nächsten Monate begleiten würde. Und nicht nur Burger, sondern auch die Stadt Karlsberg. Anmerkung zu dem Namen *Karlsberg*: Würde man ihn in eine romanische Sprache übersetzen, dann hieße die Stadt *Monte Carlo*. Doch dies nur nebenbei.

Corinna kam zu mir. Sie brachte etwas zu essen. Später fragte sie mich, ob ich ein paar Schritte vor die Tür gehen wolle. Sie stützte mich und wir liefen einige Meter. Irgendwann setzten wir uns auf eine Bank. Keine schreienden Kinder. Keine *Humpelmann*-Rufe. Dafür einige Schaukeln. Corinna stand auf und schaukelte einige Minuten. Alles an ihr war ausgelassen und lang: ihre Beine, ihre Arme, ihr fliegendes Haar.

Mittags arbeitete ich wieder an meiner Reportage, bis irgendwann das Telefon im Büro klingelte. Corinna nahm den Anruf entgegen. Ein Herr Schmidt war am Apparat, der Vater eines der älteren Kinderhausjungen: *Humpelmann, Humpelmann, Humpelmann* ... Er fragte, ob ich möglicherweise bereit wäre, einen Geschäftsbrief für ihn ins Englische zu übersetzen, selbstverständlich für ein kleines Salär. Bereits zehn Minuten später holte er mich mit einem Elektrowagen ab, fuhr mit mir eine steile Straße zu seinem Haus hinauf. Seine Frau, die uns an der Haustür erwartete, erschrak über meinen Anblick: der bandagierte Arm und dazu noch mein Gehumpel. Aber das sei ja schrecklich. Sie führte mich an einem Swimmingpool vorbei auf eine geräumige Terrasse, von der aus die gesamte Stadt sowie die Karlsburg zu sehen waren. Die Burg erhob sich auf der gegenüberliegenden Talseite. Erbaut im 11. Jahrhundert. Der Oberbürgermeister residiere dort. Er wohne und arbeite im obersten Stockwerk, ganz in der Nähe der Wehrtürme. Manchmal sei sein Arbeitszimmer bis weit nach Mitternacht erleuchtet. Wie ein Stern strahle das Licht seiner unermüdlichen Schreibtischlampe ...

Frau Schmidt reichte ein Kissen, auf das ich mein Bein legen konnte. Später brachte sie Wurstplatten und eine Reihe von Kuchen. Bitte essen Sie doch. Ihr Mann und ich übersetzten bereits. Von manchen meiner Formulierungen schien er regelrecht angetan: *Thus, I should like to entreat you with all the earnestness at my command* ... Man merke sogleich den Unterschied zwischen einem

Engländer und einem Nicht-Engländer. Man merke es an jedem Wort.

Ich stimmte ihm zu.

Herr Schmidt lobte mein Englisch, Frau Schmidt dagegen mein Deutsch. Wo ich so gut Deutsch gelernt habe? Meine Antwort: an der Universität. Im Fach Geschichte. Spezialgebiet Deutschland im 19. und 20. Jahrhundert. Autoritarismus, Despotismus, Antisemitismus, Imperialismus und Faschismus. Aber das war lange her, sowohl das 19. und 20. Jahrhundert als auch mein Studium.

Herr Schmidt und ich verfassten weitere Geschäftsbriefe, die er noch an diesem Wochenende versenden wollte. Frau Schmidt brachte Bier und Wein, unter anderem einen original *Karlsberger Gutedel*, den ich unbedingt probieren sollte. Trinken Sie doch! Und essen Sie bitte! Oder möchten Sie vielleicht lieber eine Runde in unserem Pool schwimmen? Man habe von dort aus einen herrlichen Rundblick.

Ich verwies auf meinen operierten Arm.

Frau Schmidt: Aber natürlich.

Während ich aß und trank, berichtete sie von den Burgfestspielen, die jeden Sommer im Innenhof der Karlsburg stattfänden. Sie seien weit über die Grenzen der Stadt hinaus bekannt. Thorwald Burger sei dort zuletzt in einer viel beachteten Nebenrolle zu sehen gewesen, in der Rolle Graf Draculas. Er sei famos gewesen, in einem schwarzen, fledermausartigen Gewand, aber auch ein wenig zum Fürchten.

Sie schenkte Wein ein.

Ihr Mann blieb abstinent. Seine Rennradleidenschaft. In seinem Keller befanden sich offenbar zahlreiche Rennräder. Frau Schmidt: Er fahre regelmäßig in einem Verein. Er fahre dort Tausende und Abertausende Kilometer jedes Jahr, in den verschiedensten Gruppen: von langsam über mittel bis sehr schnell. Um sich in Form zu halten. Seit Neuestem begleite er auf seinem Rennrad sogar den Oberbürgermeister. Er begleite ihn zu manchen seiner Amtstermine – zumindest zu jenen Terminen, die Thorwald Burger mit dem Fahrrad absolviere, und ihr Mann, Herr Schmidt, sei dabei an Burgers Seite. Herr Schmidt versuchte das herunterzuspielen. Es handle sich dabei nur um einige wenige Termine, bei denen sich Burger hin und wieder mit ausgewählten Rennradfahrern umgebe. Mehr sei es gar nicht. Seine Frau sprach jedoch nicht ohne Stolz davon. Ihr Mann begleite Burger überdies auf dem Mountainbike bei besonderen Natur- und Waldterminen – etwa bei der Wildschweinjagd.

Wildschweinjagd?

In der Tat. Es gebe in dieser Gegend viel zu viele Wildschweine. Sie blickte mich an: Ob ich Schmerzen hätte? Ob es denn wirklich eine so gute Idee sei, in diesem Zustand in einer Kindertagesstätte zu arbeiten? Andererseits schien sie sich darüber zu freuen, dass die Stadt einem Verunfallten – überdies noch aus dem Ausland – eine solche Gelegenheit zur Tilgung der Krankenhauskosten überhaupt bot. Bei allem Mitgefühl ein unmerkliches Kopfschütteln ihrerseits über meine riskante Fahrweise. Sie sah mich wohl mit quietschenden Reifen und aufheulendem Motor eine viel zu enge Straße entlangrasen. Dazu noch auf der falschen Seite. Es war nicht möglich, dem irgendetwas entgegenzusetzen, außer der Feststellung, dass es heutzutage tatsächlich zu viele Verkehrsunfälle gebe – und dazu noch völlig unnötige, wie Herr Schmidt plötzlich bemerkte. Völlig unnötige. Daraufhin meine Frage: Was denn ein notwendiger Unfall sei?

Wie bitte?

Was ein notwendiger Unfall sei?

Er wusste es nicht.

Um irgendetwas zu sagen, sprach seine Frau wieder von Burger. Als würde sich damit jede Verstimmung sofort wieder aufhellen. Zwischen all den Weinflaschen und Wurstplatten schwebte immer wieder dieser Name: Thorwald Burger. Der einzige Oberbürgermeister ohne einen Dienstwagen. Ein Mensch, der sich für die Umwelt aufopfere, ein Mann der Askese und der Bescheidenheit. Das Surren von Rennrädern statt Motorenlärm. Das sei Burger. Frische Luft, blauer Himmel und glitzerndes Wasser.

Wie zum Beweis deutete sie auf die andere Talseite: eine atemberaubende Fahrradbrücke, die er, Burger, in seiner zweiten Amtszeit hatte bauen lassen; ein Höhepunkt seines politischen Wirkens und zugleich ein weithin sichtbares Wahrzeichen. Man konnte die Brücke deutlich im Abendrot sehen. Sie sah nicht weniger imposant aus als eine Autobahnbrücke: das Tal durchschneidend und es zugleich überspannend. Die höchste und längste Fahrradbrücke Europas, so Herr Schmidt. Als er zum ersten Mal mit seinem Rennrad über sie gefahren war, da sei er an ihrer höchsten Stelle, weit über dem Talgrund, abgestiegen und für einige Minuten stehengeblieben. Ganz und gar sprachlos und konsterniert.

Burger sei aber, so Frau Schmidt, nicht nur ein Mann der spektakulären Bauten, sondern zugleich ganz und gar bodenständig, ein Mensch im Hier und Jetzt, bei allen Visionen immer auch ein Verfechter deutlicher Wahrheiten. Zwei und zwei ergebe nun einmal vier, und nicht fünf oder sechs. Er sei ein Wahrheits- und Tatsachenmensch. Er spreche Tatsachen aus. Und das sei eine Wohltat, die Dinge endlich einmal beim Namen zu nennen.

Einige dieser Tatsachen sprach nun auch Frau Schmidt in immer lauter werdenden Sätzen aus, Tatsachen, die durch Burger und seine Veröffentlichungen überhaupt erst sagbar geworden seien. Die meisten dieser Tatsachen bedeuteten für viele Menschen nichts Gutes, auch nichts Gutes für mich. Ich sah mich morgens zu lang im Bett liegend. Ich sah mich nicht zeitig genug aufstehend. Ich sah mich nicht genug den Laden am Laufen haltend. Ich sah mich keine Swimmingpools oder Fahrradbrücken bauend. Oder Wildschweine jagend. Ich sah mich auf keinem Rennrad sitzend. Ich sah mich als Engländer. Ich sah mich in einem Auto hierher fahrend. Ich sah mich mit einem gebrochenen Arm und Bein im Krankenhaus liegend. Ich sah mich in jeder Hinsicht schuldbeladen und deplatziert.

Welch ein Glück, sagte sie, sie sagte es wie ein Resümee, welch ein Glück, einen Mann wie ihn überhaupt hier zu haben. Sie sprach immer noch von Burger. Er könnte ja angesichts seiner Fähigkeiten an jedem anderen Ort der Welt sein, doch er sei hier, ausgerechnet hier. Sie deutete noch einmal auf die Fahrradbrücke. Und das sei ein Glück: ein Glück für die Stadt, ein Glück für die Menschen, am Ende auch ein Glück für ihn selbst …

Sie hatte schon einiges getrunken und sprach sich nun in einen Rausch der Anbetung und Anteilnahme, so, als würde Burger ihr leibhaftig gegenübersitzen und sie an seinen innersten Gedanken teilhaben lassen: Wir schaffen es womöglich nicht. Wenn er abends in seinem Erkerzimmer Fernsehen schaue und all die katastrophalen Ereignisse der Welt sehe, die minütlich auf uns zurollten. Wie ein entferntes Donnergrollen. Jeden Tag aufs Neue. Uns immer näher kommend. Wir schaffen das am Ende nicht …

Zu viele Menschen.

Dazu noch die völlig falschen Menschen.

Boote.

Züge.

Flüsse.

Straßen.

Hallen.

Burger habe völlig recht.

Wir können nicht allen helfen. Wir können nicht einmal uns selbst helfen. Wem sei damit geholfen, sich selbst nicht zu helfen und am Ende gar niemandem mehr zu helfen … Sie sprach und sprach, immer großflächiger und raumgreifender, zitierte Burger-Sätze oder Burger-Gedanken, die weit über das Amt eines Oberbürgermeisters hinausgehen, als wäre er eigentlich gar kein Bürgermeister, sondern eine Art Weltbeobachter oder Weltenlenker, ihr auf der anderen Talseite in seiner Burg gegenübersitzend …

Sie sprach, bis mir schwindlig wurde und Herr Schmidt mich irgendwann – notdürftig auf ihn gestützt – in winzigen Trippelschritten zu seinem Auto führte und mich wieder in das Kinderhaus fuhr. Dort wartete Corinna auf mich. Sie sagte, ich sei ja betrunken, völlig betrunken, brachte mich in mein Zimmer. Für einen Moment schien es, als würde sie sich zu mir legen.

Stattdessen deckte sie mich zu.

Der Wein und Frau Schmidts Worte dröhnten noch in meinem Kopf: Burger habe recht, ganz und gar recht, so das Mantra des Abends. Können nicht allen helfen. Können das nicht. Wollen es auch gar nicht. Er habe ja so recht … Menschenverstand … Das verkörpere Burger … Den gesunden Menschenverstand … Ein Tatsachenmensch … Kein Träumer, sondern Tatsachen … Tat und Sache … Sache und Tat … Die Dinge beim Namen nennen … Menschendinge … Die richtigen Brücken, aber die falschen Menschen … Und ich fragte Corinna: Was sind denn dann die richtigen Menschen?

Wie bitte?

Was sind richtige Menschen?

Sie wusste es nicht.

Und ich schlief ein.

⋆ ⋆ ⋆

Am nächsten Morgen wieder aufstehen. Kindergeschrei. Fußbälle, die gegen mein Bein flogen. Hin und wieder Eltern, die sich zuerst bei Frau Reinders und dann direkt bei mir meldeten. Ob ich ihren Kindern in einer freien Minute Englischnachhilfe erteilen könnte? Wie das gehen sollte?, fragte ich. Nachhilfe könne man erst erteilen, wenn ein Kind zur Schule gehe. Den meisten Eltern war das völlig egal. Das Kinderhaus war für sie bereits eine Form von Schule. Eine Vorschule, Zwischenschule oder Lebensschule. Oder was auch immer. Eine unablässig mit mir telefonierende Mutter wollte sogar, dass ich ihrem Sohn Passagen aus Shakespeares *Hamlet* vorlese.

Ob das nicht übertrieben sei?

Die Mutter fand das nicht. Ganz im Gegenteil. Man könne nicht früh genug mit den Klassikern beginnen. Also las ich hin und wieder einige Zeilen aus dem *Hamlet* vor.

Die anderen Kinder schnitten unterdessen mit Scheren Zeitungspapier in Streifen und machten daraus endlos viele Papierschnipsel. Wie Schneegestöber wirbelten sie durch die Luft. Auch ich sollte bitte schneiden. Mich irgendwie nützlich machen. Man reichte mir eine Schere. Auf Englisch: *A pair of scissors*. Erklärte ich den Kindern. Plural, nicht Singular. Sie hörten gar nicht zu.

Frau Reinders, die das alles beaufsichtigte, verdrehte unmerklich die Augen. Schon den ganzen Vormittag war sie mit den Papierschnipseln beschäftigt. Die Kinder schnitten unaufhörlich und die Mitarbeiterinnen und Mitarbeiter lagerten die Schnipsel in Blausäcken, und das nicht nur in unserem Kinderhaus, sondern – wie ich später erfuhr – in allen Kindertagesstätten und Schulen der Stadt.

Frau Reinders: eine Konfettiparade.

Konfettiparade?

In der Altstadt. Zu Ehren eines amerikanischen Investors. Ein Milliardär. Mehr als nur ein gewöhnlicher Milliardär. Ein Multimilliardär. Nicht zuletzt auch an philosophischen Fragen äußerst interessiert.

Interessiert?

Jawohl, interessiert. Er habe wohl eine Schwäche für Konfettiparaden. Eine gewaltige Fabrik, die demnächst erbaut werden solle, direkt vor den Toren der Stadt. Kaum auszusprechende Mengen an Geld und Arbeit, die eine solche Fabrik für Karlsberg und seine Bewohner bedeuten könnte. Sogar Burger habe angesichts dieser Zahlen fast ein wenig kleinlaut gewirkt. Er habe lange mit dem Milliardär gesprochen. Ein stundenlanges Kamingespräch. In größter Eindringlichkeit und Abgeschiedenheit. Bis spät in die Nacht. Im Marmorsaal des Schlosses. Bis der Milliardär irgendwann überzeugt gewesen war und gesagt hatte: Wir machen das.

Im Hintergrund stritten zwei Kinder um eine Schere.

Ein Kind verletzte sich dabei.

Ein lautes Geheul.

Die Mutter des Kindes war später außer sich.

Warum überhaupt all die Scheren?

Frau Reinders erklärte ihr: die Konfettiparade. Sie sprach dieses Wort mit einem Anflug von Spott und Ironie. Doch die Mutter nahm das völlig ernst: Ach ja, die Konfettiparade.

* * *

Während der Parade war das Kinderhaus völlig leer. Alle Kinder und Betreuer hielten sich in der Stadt auf. Von weither hörte man Jubel und Böllerschüsse. Nur Corinna und ich waren noch da. Corinna hatte sich krankgemeldet. Offenbar hatte sie für Paraden und Böllerschüsse nicht viel übrig. Genauso wenig wie ich. Wir genossen die Stille, wussten aber nicht wirklich, was mit dieser Stille tun. Zuerst hatten wir nur auf meinem Matratzenlager gelegen. Dann zusammen in ihrem Bett. Als wären wir selbst noch Kinder. So lagen wir nebeneinander. Hand in Hand. Zunächst auf ihrer Bettdecke, dann unter ihrer Bettdecke …

Plötzlich musste sie minutenlang lachen. Sie lachte über den amerikanischen Milliardär. An philosophischen Fragen äußerst interessiert. Sie schüttelte sich vor Lachen. An philosophischen Fragen äußerst interessiert. Als wäre das der entscheidende Unterschied: zwischen einem Milliardär und einem Multimilliardär. Sie stellte sich das bildhaft vor, zuerst das nächtliche Kamingespräch, Burger und der Milliardär stundenlang philosophierend in schweren Ledersesseln sitzend, und dann die Konfettiparade: Bild eines amerikanischen Straßenkreuzers in den engen Gassen Karlsbergs, vor- und zurückrangierend, Pfosten und abgestellte Fahrräder touchierend; Burger und der Milliardär dabei auf der Rückbank des offenen Wagens stehend, schwankend und winkend – und eine Konfettiparade.

Sie nutzte den freien Tag und ging spazieren, während ich an meiner Reportage arbeitete. Immer noch hörte man Jubel und Böllerschüsse. Sie nahmen kein Ende. Ich saß an meinem Notebook und sichtete eine Vielzahl von Daten, Zitaten, Spuren und Bildern: Thorwald Julius Burger.

In einem Schwarzwaldhof geboren.

Der Vater war Imker gewesen.

Der Sohn hochbegabt.

Mit fünf Jahren eingeschult.

IQ von 140.

Vielleicht sogar noch höher.

Selbst seine Lehrer fürchteten ihn.

Mit neun Jahren war er Hilfslehrer für Mathematik im nächstgelegenen Gymnasium.

Gelegentliche Wutanfälle.

Jüngster Abiturient im Land.

Studium.

Landesmeister im Blitzschach.

Erste öffentliche Auftritte. Dabei von einer beeindruckenden Faktenkunde und rhetorischen Präsenz. Anderen Gesprächsteilnehmern stets um Längen voraus. Nicht nur an Zahlen, Daten und Fakten, sondern auch mit einem herausragenden kombinatorischen Gespür: für alles und jedes, für das Unausweichliche und unabweisbar Richtige.

Mit 29 Jahren war er Oberbürgermeister.

Aus dem Stand.

Fast schon mit einer gewissen Beiläufigkeit.

Hier bin ich.

Und bleibe ich.

Erste politische Paukenschläge.

Vollsperrung einer Autobahn.

Umpflanzung eines Waldes.

Verbot von Feuerzeugen und Silvesterfeuerwerken.

Doch dies waren nur Präliminarien oder Fingerübungen zu weit mehr. Denn ein immer größer werdendes Mehr war sein Amt von Anfang an offenbar gewesen: mehr Bauten, mehr Busse, mehr Ärzte, mehr Frauen, mehr Geburten, mehr Kinder, mehr Jugend, mehr Arbeit, mehr Zukunft, mehr Elan, mehr Schneid, mehr Auftritte, mehr Aufsehen, mehr Ansehen …

Davon immer mehr.

Und zugleich ein immer Weniger: weniger Autos, weniger Lärm, weniger Schulden, weniger Borkenkäfer, weniger Lungenkranke, weniger Staub, weniger Staus, weniger Phlegma, weniger Bedenken, weniger Bürokratie …

Davon immer weniger.

Alles Gute und Richtige, das schien Thorwald Burger. Es war sein Tun, das die Welt zum Besseren wendete und das sie immer weiter zum Besseren und Allerbesten wenden könnte wie eine unabwendbare mathematische Gleichung … – würde nur nicht das Irrsinnige, das Redundante, das Verquere, das Vereinzelte diese Gleichungen immer wieder von Grund auf in ihrem Lauf stören. Und gegen diese Störungen wollte er aufbegehren.

Aufbegehren.

Doch all das würde seinen unaufhaltsamen Erfolg nur unzureichend erklären. Irgendwann stieß ich auf das Wort *Geistesgegenwart*. Nicht die dichterische Geistesgegenwart in einem abgeschlossenen Raum, sondern die Geistesgegenwart angesichts plötzlich hereinbrechender äußerer Ereignisse: ein Waldbrand, ein Hochwasser, ein landesweiter Stromausfall … Bei all dem zeigte sich offenbar seine Geistesgegenwart. Was jetzt zu tun sei. Noch bevor irgendein anderer Bürgermeister weit und breit eine Vorstellung davon hatte. Burger hatte zahllose Vorstellungen. Burger kochte über vor Vorstellungen. Ein Schachspieler in atemberaubenden Zügen und Kombinationen …

Das sei Burger.

Eine Mitarbeiterin zeichnete das Bild eines Sherlock Holmes, der den Zustand größtmöglicher Herausforderungen für sein Wesen geradezu brauche. Ansonsten würde er verrückt werden, in ein Phlegma unerträglicher Mediokrität fallen. Niemand könne etwas dafür, dass er so gut sei, nicht einmal er selbst.

Doch auch das würde seinen Erfolg nicht wirklich erklären. Was ihn über alle Maßen aus allem Gängigen oder Gewöhnlichen herauskatapultierte, das waren seine ständigen Auftritte, weit über sein Amt hinaus. Mehrere Male war er bei Volksfesten als Sänger aufgetreten, obgleich er offenbar kaum über Gesangsfähigkeiten verfügte. Sein Singen war eher ein lakonischer Sprechgesang gewesen, der den Irrsinn der Welt in immer neuen Zahlen und Episoden auflistete, begleitet von einem Dudelsack und einigen Blasinstrumenten. Gefolgt von weiteren Auftritten in jedem nur denkbaren Genre: Drama, die Burgfestspiele, Zauber- und Jonglierdarbietungen, Komödien, Bauernschwänke und sogar eine Gastrolle in einer Oper.

Entscheidend aber waren seine Fernsehauftritte. Zu jedem sich bietenden Thema: Technik und Natur, Rebsorten und Zugfahrpläne, Zahnschmerzen und Fragen von Vernunft und Ethik. Fernsehauftritt erzeugt Fernsehauftritt. Dabei immer im Mittelpunkt der jeweiligen Ereignisse stehend: eine Pandemie, Flüchtlingsströme oder ein Flugzeugabsturz. Was immer auch passierte oder nicht passierte. Er stand parat. Im Zentrum sämtlicher zusammenfließender Erregungen, Energien und Überlegungen. Und wenn es keine äußeren Ereignisse waren, dann waren es einzelne Sätze, in seinem eigenen Kopf gewachsene Sätze, noch nie gesagte oder gewagte Sätze, am Rande dessen, was viele insgeheim dachten, sich aber noch nicht zu sagen getrauten, bis sie es eines Tages dank Burger mit aller Macht und in aller Deutlichkeit sagen konnten. Sätze wie kurz vor dem Ausbruch einer Krankheit. Ein Vorpreschen und Innehalten – und schlimmstenfalls ein unmerkliches Zurückschrecken. Vor und wieder zurück und wieder vor, von Fernsehauftritt zu Fernsehauftritt ein wenig mehr, ausgestattet mit unendlich vielen Zahlen und Statistiken oder Anekdoten oder Beispielen, und seien es nur Beispiele seiner selbst.

Noch nie gesagte oder gewagte Sätze. Teilweise waren es furchtbare, kaum aussprechbare Sätze, wie mit der Peitsche in die Welt geknallt, Burgersätze, alle drei oder vier Wochen gesprochen, so wie ein Quartalssäufer sich aus einem Zustand strenger Nüchternheit in einen kaum zu fassenden Alkoholausbruch begibt. Aber was sind das nur für Sätze?, fragte ich. Ist der Mann nicht wahnsinnig? Und man gab mir zur Antwort: Aber denken Sie doch nur an seine Taten, an seine Politik, an seine Geistesgegenwart, an die Burgfestspiele oder an die neugebaute Fahrradbrücke.

Er konnte offenbar sagen, was er wollte, angesichts seiner Taten, und tun, wie ihm beliebte, angesichts dessen, was er alles sagte. Obgleich er für manches Gesagte drei bis vier Talkshows benötigte, um es wieder zurechtzurücken, bis zum nächsten Gesagten, und so weiter und so fort …

Fernsehauftritte.

Eine eigene Radiosendung: *Matt in fünf Zügen.*

Neuartige Tweets und Postings.

Und immer weitere Schlagzeilen.

Burgerzeilen.

Burger spendet Blut.

Burger rettet Hund.

Burger tanzt.

Burger rutscht aus.

Burger fährt sich gesund.

Burger denkt nach.

Burger redet Klartext …

Ich schrieb bis spät in die Nacht. Manchmal lag Corinna in meinem Bett. Oder ich lag in ihrem Bett. Wie zwei Zufallsgefährten lagen wir nebeneinander. Wir hielten einander mehr, als dass wir miteinander schliefen.

An den Wochenenden machten wir Ausflüge. An Spaziergänge war noch nicht zu denken, doch immerhin erholte sich mein Bein derart, dass wir kleinere Radtouren unternahmen. Sie besorgte mir ein altes Dreigangrad aus dem letzten Jahrhundert, so dass wir einige Kilometer fahren konnten. Wir fuhren von der einen Talseite zur anderen: auf der neugebauten Fahrradbrücke. Sie war vor wenigen Jahren von der Bundeskanzlerin der Bundesrepublik Deutschland feierlich eröffnet worden: die höchste (180 Meter über dem Talgrund) und zugleich die längste Fahrradbrücke Europas – mit einer Gesamtlänge von nahezu 1500 Metern. Ein neuartiger, über das gesamte Tal geschwungener Spannbeton, der die Brücke – nach mathematischen Berechnungen Burgers – in einer spektakulären Höhe hielt, begleitet von einem atemberaubenden Blick, der sich uns nach nur wenigen Hundert Metern eröffnete, so atemberaubend, dass wir mitten auf der Brücke abstiegen und fast ein wenig andächtig in die Ferne blickten. Als ob ich nun begreifen würde. So schaute Corinna mich an. Minutenlang.

Und so blickten auch andere Radfahrer an unserer Seite. Sie waren ebenfalls abgestiegen. Wir schauten Richtung Burg. Burgers Erkerzimmer war im Sonnenlicht deutlich zu erkennen. Vielleicht stand er in diesem Augenblick sogar an einem der Fenster und betrachtete seine Brücke. Thorwald Burger. Von den Gipfeln des Schwarzwaldes hinabgestiegen und hierhergekommen. *Und er machte Licht. Und er schuf Landschaften. Und er baute Brücken …* So blickten wir: tief hinunter ins Tal oder in eine weite Ferne. Zahlreiche Berggipfel, die von hier aus zu sehen waren, Schwarzwaldgipfel und sogar einige Alpengipfel. Flussaufwärts sah man die Gondeln einer Seilbahn, die nahezu zeitgleich zusammen mit der Brücke erbaut worden war. Fahrradbrücke und Seilbahn. Quer über das Tal. Wie ein Duett.

Weitere Radfahrer stiegen ab, nicht nur wegen der spektakulären Aussicht, sondern weil ihnen aufgrund der schieren Höhe fast schwindlig wurde oder sie mit ihren Rädern – wegen des aufkommenden Seitenwindes – kaum mehr geradeaus fahren konnten. Eine Frau bekam Panikattacken. Sie glaubte, die Brücke würde im aufkommenden Wind immer mehr schwanken. Das tat sie auch. Sie schwankte. Trotz Burgers mathematischer Berechnungen. Sie gab sogar seltsame Geräusche von sich, ein Quietschen, Ächzen oder Knarren. Der Frau wurde schlecht. Sie sagte, die Brücke sei ein Wahnsinn. Viel zu schmal und viel zu hoch! Ein schlingerndes Schiff. Sie klammerte sich an das Geländer. Wir beruhigten sie. Und überredeten sie. Führten sie Meter für Meter von dieser

Brücke. Es dauerte eine Ewigkeit. Dann holten wir ihr Fahrrad. Durch das Gelaufe schmerzte wieder mein Bein. Erst das Rad der von Panik geschüttelten Frau und danach unsere eigenen Räder. Wir schoben kilometerweit. Am Ende schoben fast alle. Immer weitere Radfahrer, die wegen des heftigen Windes von ihren Rädern stiegen. Mancher schob nicht nur, sondern lief geradezu geduckt.

Auf der anderen Talseite stiegen wir wieder auf und fuhren weiter: in das Umland von Karlsberg. Wir durchquerten Wälder und Weinberge. Als hätte es nie eine Fahrradbrücke gegeben. Corinna sagte, die Seilbahn sei nicht ganz so windanfällig wie die Brücke. Aber dafür ziemlich teuer. Sieben Euro für eine Fahrt. Man konnte ihre glitzernden Gondeln in der Ferne sehen. Bilder wie aus der Schweiz. Wir fuhren auf Radwegen hoch und wieder runter, kleine und kleinste Dörfer passierend. Eine überraschende Ländlichkeit und ein nahezu unverständlicher Dialekt, den man hin und wieder aus Scheunentoren heraus hörte. Sogar Linguisten hätten wohl Probleme, irgendetwas davon zu verstehen.

Später lagen wir zusammen an einem See. Corinna hatte sich – mit wenigen beiläufigen Bewegungen – ausgezogen und war ins Wasser gesprungen. Sie schwamm eine Ewigkeit. Mit ihrem T-Shirt trocknete sie sich wieder ab. Sie hielt meine Hand. Nichts hatte mir all die Jahre mehr gefehlt als eine solche Hand. Dann rauchten wir, gleich mehrere Zigaretten hintereinander. Karlsberg war eine rauchfreie Stadt. Die Schlagzeilen dazu gingen durch das ganze Land. Fahrradbrücke, Seilbahn und rauchfreie Stadt. In diesem Dreiklang. Burger war deshalb sogar von einer pneumologischen Vereinigung mit einem Sonderpreis der Lungenheilkunde ausgezeichnet worden. Rauchen war im gesamten Stadtgebiet strengstens verboten. Man hörte von drakonischen Strafen. Also nutzten viele Ausflügler jede sich bietende Gelegenheit zum Rauchen außerhalb der Stadt. Rauchwolken und Liebespaare überall.

Corinna zeigte mir viele kleine Sehenswürdigkeiten: Bildstöcke, Wasserschlösser oder Aussichtstürme. Immer wieder hielt sie an, um sich etwas anzuschauen oder mir etwas zu zeigen: ein windschiefes Haus, ein unscheinbares Plakat oder ein Eichhörnchen, das auf einen Baum kletterte. Sie jubelte mit jedem Sprung, den das Eichhörnchen machte. Als würde es um sein Leben springen, und sie mit ihm. Irgendwann setzte sie sich auf die Bank einer Bushaltestelle. Als wollte sie mit dem Bus nach Hause fahren und ihr Fahrrad einfach hier stehen lassen.

Ja, warum nicht? So saß sie da. Etwas verunsichert. Fernab von ihrem Fahrrad. Doch als der Bus irgendwann kam, rannte sie davon. Sie versteckte sich hinter einem Busch neben der Haltestelle und rief mir zu: Schick ihn weg! Bitte schick ihn weg! Also schickte ich ihn weg. Sie war völlig überdreht und zugleich perplex. Sie hätte nicht gedacht, dass irgendjemand für sie halten würde, nicht einmal ein Bus.

In einer Gaststätte tranken wir ein Bier. An den Nachbartischen saßen Einheimische. Von dem, was sie sagten, verstand ich so gut wie nichts. Nur hin und wieder hörte ich den Namen Burger, in sich überschneidenden oder einander unterbrechenden Halbsätzen: Burger … Dass Burger … Burger und die Frauen … Burger und das Rauchverbot … Er gehe damit zu weit … Eindeutig zu weit … Aber trotzdem … Burger sei nun einmal Burger … Und niemand sonst … Burger, der Freigeist … Burger, der Brückenbauer … Burger, der Pontifex …

Corinna konnte ihr Lachen kaum verbergen und berührte mein Bein, während die Gäste an den Nachbartischen uns zuprosteten.

Wo immer man auch hinkomme, so Corinna, selbst viele Hundert Kilometer von hier entfernt, früher oder später werde man auf ihn angesprochen. Man komme gar nicht umhin, sofort nach ihm gefragt zu werden: Sie kommen aus Karlsberg? Aus Burgers Karlsberg?

Ja.

Sind Sie ihm jemals begegnet?

Nein.

Haben Sie mit ihm gesprochen?

Nein. Ich bin ihm ja nie begegnet.

Nie begegnet?

Nein.

Haben Sie ihn wenigstens aus der Ferne einmal gesehen? Nein? Wirklich nicht?

Wir aßen einen Wurstsalat.

Ich fragte sie, ob Burger Mitglied einer Partei sei.

Sie glaubte nein. Aber er könnte jederzeit eine Partei gründen.

Und welche Partei?

Seine eigene Partei.

Und was wäre das für eine Partei?

Eine Partei, mit der man Wahlen gewinnen könne.

Welche Wahl?

Jede denkbare Wahl.

Sie hatte nicht den geringsten Zweifel daran.

Stille.

Fremdenzimmer stand auf einem Schild über dem Tresen, nicht *Gästezimmer*, sondern *Fremdenzimmer*.

Corinna hielt meine Hand.

Ist das ein Ehering?

Wie bitte?

Ob das ein Ehering sei?

Meine Antwort: Ich glaube ja.

Sie: Du glaubst? Du weißt es nicht, du glaubst.

Ich hatte den Ring längst vergessen.

Wir fuhren weiter.

Gelegentlich trafen wir Eltern aus dem Kinderhaus. Sie grüßten lautstark. Als wären wir ein frisch verliebtes Paar. Vielleicht waren wir das ja auch. Ein Paar. Irgendwann trafen wir auch das Ehepaar Schmidt. Frau Schmidt freute sich über meine Genesung, und sogar noch mehr über meine Nähe zu Corinna. Herr Schmidt hatte dagegen nur Augen für das Dreigangrad. Für ihn war ein solches Rad eher eine Schande als ein ernstzunehmendes Fahrrad.

Was denn das für ein Fahrrad sei?

Ein Dreigangrad.

Er blickte fassungslos.

Dann fragte er: Haben Sie etwa geraucht?

Ich bejahte.

Er schüttelte sich kaum merklich. Um davon abzulenken, sprach er wieder von Fahrrädern: von ausgedehnten Radtouren, die er auf Rennrädern mit mir unternehmen könnte. Jederzeit. Er erklärte mir die Vorzüge der verschiedensten Trainingsmethoden, beginnend mit dem sogenannten Grundlagenausdauertraining.

Grundlagenausdauertraining?

Und daran könnten sich dann, wenn erst einmal eine gewisse Form erreicht sei, immer weitere Höhenmeter und Distanzen anschließen – bis ich vielleicht selbst irgendwann Thorwald Burger bei offiziellen oder wenigstens inoffiziellen Gelegenheiten auf dem Rennrad begleiten könnte. Zumindest für einige Kilometer. Er sprach, als wäre das der Höhepunkt allen Trainings. Wie nah man sich dabei komme. Fahrrad an Fahrrad. An Burgers Seite. Ihm eine Wasserflasche reichend. Und welche Einblicke man gewinne: in sein Leben, in sein Denken, in sein Wirken, in sein Tun.

Ich wiegelte ab. Mein Bein, mein Ellenbogen, mein schlechter Trainingszustand. Dazu die Tätigkeit im Kinderhaus. Um ihn abzulenken, sprach ich ihn auf die talüberspannende Fahrradbrücke an. Seine Augen leuchteten. Meine Einwände wegen ihrer schieren Höhe und der Seitenwinde wies er entschieden zurück. Er sei schon unzählige Male über die Brücke gefahren, bei Tag und bei Nacht – manche aus dem Verein sogar freihändig. Alles eine Frage der Technik und der Gewöhnung.

Von wegen Panikgefühle. Völlig übertrieben. Immer alles kleinreden. Oder das Großartige kaputtreden. Das Wesentliche nicht erkennen. Das Wesentliche. Er war außer sich.

Zuhause schrieb ich meinen abendlichen Blog. Er war Teil des Tilgungsplans und sollte regelmäßig aktualisiert und ins Netz gestellt werden: direkt auf die Webseite der Stadt Karlsberg sowie auf die Webseite der Evangelischen Kirchengemeinde. So wurde mir das nahegelegt. Der Blog war eine Mischung aus Dank, Einkehr, Begeisterung und Buße, die täglich – neben der eigentlichen Kinderhaustätigkeit – verfasst werden sollte: Ja, ich bin angetan. Ja, ich bin Engländer. Ja, ich bin dankbar. Ja, ich liebe die Brücke. Als müsste man nicht nur Schulden begleichen (bei mir waren es exakt 8.724,14 Euro), sondern auch eine Art Schuld. Und mit mir tilgten und schuldeten – wie ich auf der Webseite der Stadt jetzt sah – zahlreiche andere Menschen, die ebenfalls in irgendeine missliche Lage geraten waren. Schuldenuhren hielten den jeweiligen Schuldenstand akribisch fest.

Ansonsten arbeitete ich weiter an meiner Reportage. Notiz: Dauerpräsenz Burgers in den sozialen Medien. Hierin ist er offenbar ein Großmeister. Wann immer irgendwo etwas passiert, er scheint es zu wissen oder zu sehen, es sogar schon längst vorausgesehen zu haben. Habe ich es nicht schon immer gesagt? Mehrere Male am Tag. Als würde er all das schon längst wissen. Selbst dann, wenn etwas noch gar nicht geschehen ist, es aber jederzeit geschehen könnte. Jederzeit.

* * *

Mit meinem alten Dreigangrad fuhr ich durch die Stadt, kaum anders als ein gewöhnlicher Tourist. Der Hausmeister des Kinderhauses hatte mir tags zuvor noch ein anderes Hinterrad eingebaut. Es war sichtlich verbeult und verbogen, jedoch mit einem ausgemusterten Elektromotor versehen, der mir ab sofort eine hilfreiche Unterstützung war, selbst wenn das viel zu breite Hinterrad hin und wieder etwas quietschte. Ich fuhr an Dichter- und Reiterdenkmälern vorbei, meist aus dem 19. Jahrhundert, sowie an exorbitanten Verbindungshäusern, ebenfalls aus dem 19. Jahrhundert. Wie Filmkulissen sahen sie aus. Als könnten Bismarck oder Wilhelm II. hier jederzeit ein- oder ausgehen. Mit Schnauzbart und Säbel.

Demgegenüber die neue Fahrradbrücke, die die Stadt – von Tag zu Tag ein wenig mehr – überragte und deren Silhouette mittlerweile wie ein inoffizielles Stadtwappen behandelt wurde, eine Art querliegender Eiffelturm. Es existierten zahlreiche Postkarten von ihr, Ansichten aus den verschiedensten Jahreszeiten: Frühjahr, Sommer, Herbst und Winter, und auch ich begann nun damit, die Brücke von allen Seiten zu fotografieren. Die Panikbrücke. *Panic Bridge.* So übermittelte ich das nach England. Man war dort nicht unbeeindruckt. *Quite a bridge.* Im Vergleich zu ihr wirkte die Karlsburg fast verschwindend klein, im Wind- und Lichtschatten eines solch gewaltigen Bauwerks – obgleich die Burg immer noch hoch oben über der mittelalterlichen Stadt lag.

Trotz Brücke. Als wäre nichts geschehen. Nachts wurde sie von Scheinwerfern angeleuchtet. Tagsüber flatterten auf den Wehrtürmen die städtischen Fahnen, sobald Burger vor Ort war, er in seinem Amtszimmer saß oder sich sonst irgendwo in der Stadt aufhielt. Auch von der Burg machte ich Fotos: beflaggt und unbeflaggt, bei Tag und bei Nacht, in der Sonne oder in düstere Nebelschwaden gehüllt. *Looks rather frightening*, so ein Freund in Birmingham. Vielleicht sollte sie das auch. Abschrecken und zugleich beeindrucken. Ihr Anblick konnte sich innerhalb von Minuten völlig wandeln: In manchen Momenten wirkte sie wie eine weitläufige Befestigungsanlage, monumental und hell erleuchtet, in anderen Momenten wiederum wie das unwirkliche Gebilde aus einem gotischen Schauerroman.

Ich räume ein, dass ich etwas getrunken hatte, nicht viel, aber durchaus einige Gläser. Mit meinem klapprigen Dreigangrad fuhr ich abends durch die Gassen der Altstadt. Fledermäuse flogen über Mauervorsprünge hinweg. Auf dem Dach eines Verbindungshauses wehte eine Deutschlandfahne, nicht unbedingt hell leuchtend, sondern eher altehrwürdig dezent, mit einem Geruch von Bohnerwachs unterlegt … – da kam er mir entgegen, der ewige Refrain meiner Zeit hier in Karlsberg: Thorwald Burger. Ein vor mir laufender Passant hatte ihn noch lautstark gegrüßt, mit einer geradezu grotesken Ehrerbietung, dann war die Straße leer, nur noch er und ich. In diesem Moment hörte ich wieder seinen Namen in endlosen Echos, deutlicher als jemals zuvor.

Aber du hättest ihn gestern hören sollen.

Er war wieder im Fernsehen.

Er sprach druckreif.

Oder, wenn nicht im Fernsehen sprechend, dann auf den Smartphones seiner Anhänger erscheinend: Burger denkt, Burger bekennt, Burger spricht … Oder in seinem Erkerzimmer sitzend, bis spät in die Nacht über Anträgen brütend oder Statistiken auswertend. Statistiken über jedes sich bietende Thema: Wenn X dann Y, wenn Y, dann unbedingt auch Z.

Nordafrikaner.

Diabetiker.

Nichtschwimmer.

Kinderhausplätze.

Über-Siebzigjährige.

Weizenpreise.

Wildschweine.

Verunfallte.

Kleptomanen.

Bahnreisende.

Krankenhauseingewiesene.

Über-Achtzigjährige.

Oder, wenn keine Statistiken auswertend, dann mit einem Feldstecher die Stadt in den Blick nehmend, nach Unstimmigkeiten oder Rauchern oder angetrunkenen Radfahrern suchend. Oder persönlich spätabends durch die Stadt schreitend, um sich die Beine zu vertreten oder um Grüße entgegenzunehmen.

Grüße entgegenzunehmen.

Es wäre ein Leichtes gewesen, ihn einfach zu grüßen. Und sei es nur mit einem leisen Nicken. Das wäre durchaus möglich gewesen. Doch ich grüßte nicht. Je näher er mir kam, desto deutlicher wurde mir, dass ich ihn nicht grüßen würde. Er trug wieder eine undefinierbare Mischung aus Regen- und Försterjacke, eine Kombination aus Stadt und Wald, Statistik und Baumrinde, Fortschritt und Heimat …

Er war mein Gegenteil.

Ich sah das auf den ersten Blick.

Mein genaues Gegenteil.

Und das in jeder Hinsicht.

All das, was er ist, das bin ich nicht.

Und umgekehrt.

Alles, was ich nicht bin und nicht sein will und nicht sein kann, das ist er.

Mein Gegenteil.

Und das in überragender Form.

Aber trotzdem hätte man ihn ja grüßen können.

Hörte ich später einige Menschen sagen.

Doch ich grüßte nicht.

Für einen Gruß war es bereits zu spät. Es war sogar umgekehrt: Er grüßte *mich*, ein etwas erstaunter, wenn nicht gar gekränkter Gruß, allein schon deshalb, weil ihm mitten in der Stadt jemand entgegenkam, der ihn nicht grüßte.

Also grüßte er.

Während ich grußlos ihm entgegenfuhr.

Auf einem Fahrrad.

Was verboten war.

In einer Fußgängerzone.

Zumal in dieser Stadt.

Und ich dachte bereits, man könnte es dabei bewenden lassen, bei einem grußlosen Vorbeifahren, bis ich (ich war ihm schon ganz nah) plötzlich eine Stimme hörte, nicht seine Stimme, sondern meine eigene, die nun, um irgendetwas zu sagen, etwas ganz und gar Sinnloses sagte – so etwas Ähnliches wie: *oje*.

Schon in diesem Moment bemerkte ich bei ihm ein Zusammenzucken. Während mir all die Ermahnungen meiner Deutschlehrer durch den Kopf gingen, die immer wieder betont hatten, ja, die uns Studenten geradezu eingeschärft hatten, wie außerordentlich wichtig gerade das Grüßen in Deutschland sei, von der allergrößten Bedeutung. Statt eines Grußes kam von mir jedoch nur ein völlig sinnloses *Oje*.

Dazu noch in einem englischen Tonfall gesprochen: nicht von unten nach oben, sondern von oben nach unten. Als hätte man eine heiße Kartoffel im Mund. Oder als würde man ohne Not einen Ball in eine endlose Tiefe werfen …

Und schon hörte ich nicht mehr länger meine eigene, sondern mit einem Male Thorwald Burgers Stimme. Laut und deutlich. Zunächst klang aus ihr noch eine gewisse Ungläubigkeit, dann ein aufbrausendes Erstaunen. Sagten Sie gerade oje?!

Wie bitte?

Sagten Sie gerade oje?!

Ja, so etwas wie … oje.

Vielleicht war es auch ein *O weh* oder ein *Okay* oder noch etwas ganz anderes gewesen.

Wir standen beide sprachlos.

Bis heute weiß ich nicht, ob Burger mir hinterherrannte, weil ich die Flucht ergriff, oder ich die Flucht ergriff, weil er hinter mir herrannte. Meine Flucht begann mit einem Satz nach vorne, bei voller Schubkraft. Der Elektromotor verlieh meinem betagten Fahrrad eine überraschende Schnelligkeit. Burger rannte mir bereits hinterher. Wie ein Hürdenläufer rannte er. Das Wort *Oje* auf seinen Lippen. Nur drei Buchstaben. Kaum mehr als ein Aufseufzen war es gewesen, ein gänzlich unnötiges Aufseufzen.

Nur noch weg von hier.

So saß ich auf dem Fahrrad.

In die Pedale tretend.

Tempo aufnehmend.

Obgleich die Straße, auf der ich fuhr, in eine völlig falsche Richtung bog. Sie führte mit jedem Meter weiter nach oben, statt mich schnellstmöglich von hier wegzubringen – genaugenommen war es auch keine Straße, sondern eine mit klobigen Kopfsteinen gepflasterte Gasse. Hell erleuchtet, altehrwürdig und steil. In immer enger werdenden Serpentinen führte sie hinauf Richtung Burg.

Burger. Thorwald Burger. Da war er also. Direkt hinter mir. Ausatmend und wieder einatmend. Mir immer näher kommend. Während sich in das Surren meines

Elektromotors bereits ein angestrengtes Quietschen mischte. Ich schaltete in einen anderen Gang. Klick, klick … Richtete mich auf. Bewegte das Rad in einer Art Wiegetritt. Beschleunigte. Mit allem, was der Motor mir an Unterstützung noch geben konnte. Hinter mir immer noch Burger. Schon zum Greifen nah. Nur noch wenige Meter, bis er mich vom Fahrrad reißen würde. Ich schloss die Augen. Wollte den Lenker loslassen. Sah mich bereits vom Rad steigen und ihm bedeuten: Hier bin ich. Machen Sie mit mir, was Sie wollen.

Was Sie wollen.

Doch dann hörte ich einige Meter hinter mir einen Schrei. Burgers Schrei. Das überraschte mich, dass er so laut schrie. Er schien auf einem der viel zu großen Kopfsteine ausgerutscht zu sein. Jedenfalls rannte er nicht mehr hinter mir, sondern richtete sich weiter unten wieder auf. Zuerst war es nur ein Schmerzensschrei gewesen, dann, nach einer kurzen Stille, wandelte sich dieser Schrei in einen unglaublichen Wutschrei. Er hallte durch die ganze Stadt. Fenster wurden geöffnet. Gardinen bewegten sich. Während ich einfach weiterfuhr. Als könnte man ernsthaft einem Mann wie Burger im steilsten Anstieg eines solchen Berges entkommen. Geradezu vermessen.

Vermessen.

Man fährt nicht davon.

Man steigt ab und stellt sich ihm.

Er war wieder ganz in meiner Nähe, und er war auch nicht mehr allein, sondern wurde nun flankiert von mit ihm eilenden Passanten, die sich seiner Verfolgungsjagd von allen Seiten anschlossen. Als wäre er soeben überfallen oder ausgeraubt worden. So rannten sie mir hinterher …

Ich stemmte mich in die Pedale, fuhr schlangenlinienförmig, nach links, nach rechts und wieder nach links, teils aufgrund der Steilheit des Anstiegs, teils um den näher kommenden Verfolgern hakenschlagend zu entkommen. Sie wurden immer schneller, ich dagegen immer langsamer. Trotz des Motors. Schneller – langsamer. Langsamer – schneller. Meter für Meter. Sie touchierten bereits mein Hinterrad – als der Anstieg wieder etwas flacher wurde und ich noch einmal ein wenig Tempo aufnehmen konnte, ein überraschendes, mir kaum noch möglich erscheinendes Tempo: bis zum Beginn einer endlos steilen Rampe, hinauf zur mittelalterlichen Zugbrücke. Selbst der Hilfsmotor stockte nun. Er bewegte das Rad nur noch ruckartig und meterweise, in allerletzten Konvulsionen Richtung Karlsburg. Niemals sah ich sie so groß und mächtig. Wie ein Schwert ragte der Wehrturm in die Nacht. Jede Pedalumdrehung war ab jetzt ein Dauerschmerz. Schmerz, Schmerz und nochmals Schmerz. Nicht nur der Schmerz meines Beines, sondern der Schmerz des gesamten Fahrrades.

Mein Hinterrad quietschte. Je näher die Verfolger mir kamen, desto lauter quietschte es. Dazu roch es noch nach verbranntem Gummi. An manchen Stellen schien der Motor bereits zu qualmen. Der Burg nun – fast ohne jeden Schub – nur noch in Zeitlupe entgegen fahrend, langsamer und immer langsamer werdend, so bewegte ich mich hinauf zu dem Eingangsportal, durch das man mich jetzt treiben würde wie ein gejagtes Tier, das schlussendlich mit vereinten Kräften in ein Gehege gedrängt wird. Weshalb meine Verfolger nun auch deutlich langsamer wurden. Sie sahen ja, dass ich ihnen nicht mehr entkommen konnte, dass es im Burginneren keine weiteren Fluchtmöglichkeiten mehr geben würde. Aus und vorbei. Steigen Sie ab. Seien Sie doch vernünftig …

Ihre Schritte gingen nun über in ein fast schon gemächliches Wandertempo. Als wollten sie das bevorstehende Ende der Jagd noch ein wenig auskosten. Ruhig, ganz ruhig. So hörte sich das an. Das Quietschen meines völlig maroden Hinterrades schallte immer noch durch die Gassen, armselig, geradezu lächerlich laut, eine Art lispelnder Hilferuf, aber auch Inbegriff der völligen Erbärmlichkeit, die dieses Fahrrad in jeder Hinsicht darstellte …

Im allerletzten Moment ein Trampel- oder Fußpfad, den ich kurz vor der Zugbrücke entdeckte, ein letzter, völlig unerwarteter Fluchtweg, der sich mir aus dem Nichts eröffnete wie ein rettender Abgrund, in dessen Abfahrt sich das Fahrrad nun zusammen mit mir stürzte, in einer einzigen, ruckartigen, hakenschlagenden Lenkerbewegung, über Schlaglöcher und Steine hinwegfahrend, durch Brennnesseln und Dornenbüsche hindurch, nach links, nach rechts, in immer enger werdenden Serpentinen, halb fahrend, halb stürzend, eine Böschung hinabrutschend, in völliger Dunkelheit, bis ich mich irgendwann auf einer entlegenen Straße wiederfand.

Ich fuhr auf Schleichwegen. Hin und wieder machte ich kurze Pausen: Atempausen, Versteckpausen und kleinere Schmerzpausen. Das Hinterrad des Dreigangrades quietschte nicht mehr. Es ließ sich kaum mehr bewegen. Als ich im Kinderhaus ankam, sagte Corinna: Aber du blutest ja.

Ich duschte.

Sie brachte Pflaster und Mullbinden.

Betupfte meine Schürfwunden.

Was ist passiert?

Nichts.

Was ist passiert?

Sie wollte einen Arzt rufen. Ich sagte ihr, es gehe auch ohne Arzt. Nur ein paar wenige Prellungen und Schürfwunden.

Wenige Prellungen?!

Sie sprach das Wort *wenige* wie ein Unwort. Als wäre ich völlig wahnsinnig.

Ich legte mich ins Bett.

Noch immer wollte sie einen Arzt rufen. Ich versicherte ihr: Das sei nicht nötig. *Eine* unbezahlbare Krankenhausrechnung sei bereits mehr als genug. Nicht noch eine weitere Rechnung. Sie holte neue Pflaster, verarztete mich, so gut es irgendwie ging. Später brachte sie eine Dose Bier. Das beruhigte mich. Zusammen mit ihrer weichen Hand. Wir lagen nebeneinander. Ich versuchte zu schlafen. Im Einschlafen sah ich Bilder von ihm. In einer Mischung aus Erschrecken, aber auch einer gewissen Genugtuung, ihm, Burger, nun endlich einmal aus nächster Nähe begegnet zu sein. Als wäre das ein bahnbrechendes Lebensereignis, welches ich mir irgendwie zugute schreiben lassen könnte. Endlich habe ich ihn einmal getroffen. Es wurde höchste Zeit.

In immer neuen Ansichten sah ich ihn nun: zuerst überlebensgroß vor mir stehend, dann mir mit energischen Schritten hinterherrennend, stundenlang, wie ein Jagdhund oder Langstreckenläufer, niemals nachlassend, mit jedem Kilometer sogar noch ein wenig schneller werdend. Schneller und immer schneller.

Grüßen Sie mich etwa nicht?!

Nein, ich grüße Sie nicht.

Warum sollte ich?

Wer sind Sie überhaupt?

Oder wer glauben Sie eigentlich, wer Sie sind?

Er rannte immer noch hinter mir her. Wir rannten die ganze Nacht.

In den frühen Morgenstunden wurde ich etwas ruhiger. Ich begann mich aufzurichten. Was ich mir eigentlich zu Schulden hatte kommen lassen? Fragte ich mich. Ein Passant grüßt den Bürgermeister nicht. Oder er grüßt ihn mit den falschen Worten. In England würde man darüber nur lachen. Corinna lachte darüber nicht.

Warum lachst du nicht?

Weil ihr nicht zum Lachen zumute war.

Und ich wunderte mich über die Stadt.

Eine Universitätsstadt.

Tausende von Studierenden.

Professoren.

Dozenten.

Ich sprach all die Namen.

Dichternamen.

Denkernamen.

Philosophennamen.

Straßennamen.

Und mittendrin Thorwald Burger.

Als wäre nichts geschehen.

Ihr hättet ihn gestern hören sollen.

Ihr hättet ihn gestern sehen sollen.

Ihr hättet …

Sie weckte mich gegen acht Uhr morgens. Die ersten Kinder kamen bereits ins Kinderhaus. Frau Reinders war über meinen Anblick entsetzt gewesen. Was denn passiert sei?

Eine kleine Verfolgungsjagd.

Verfolgungsjagd?

Sie glaubte mir kein Wort, reichte einen Eisbeutel, um die Schwellungen in meinem Gesicht zu kühlen. Die Kinder waren wegen meines Aussehens außer Rand und Band. Sie kreischten. Eine Mutter hörte ich noch sagen: Mein Anblick gehe zu weit. Frau Reinders schickte mich wieder nach unten in mein Zimmer. Ich legte mich ins Bett und schlief. Als ich wieder aufwachte, studierte ich die sozialen Medien. Dort wurde der Vorfall mit keinem Wort erwähnt. Auch nicht auf den Webseiten der Stadt Karlsberg oder der Evangelischen Kirchengemeinde. Na also, sagte Corinna. Sie erlebte diesen Umstand fast schon als einen Akt des Entgegenkommens oder als ein Zeichen von Freundlichkeit. Ich spürte ihre Erleichterung. Sie war kaum geringer als meine eigene Erleichterung, die ich hätte genießen können. Stundenlang. Am Ende sogar für den Rest meines Aufenthalts hier in Karlsberg.

Stattdessen setzte ich mich auf einen Stuhl und fing an, meinen Blog zu schreiben, beginnend mit meinen Schürfwunden und dann schließlich übergehend in die Schilderung der gestrigen Ereignisse: Burger zuckte zusammen … Burger drehte sich um … Burger rannte mir hinterher … Burger verfolgte mich durch die Stadt …

Bitte nicht. Tu es besser nicht. So blickte sie mich an. Ob ich nicht wisse, mit wem ich mich da anlege? Ob ich eine Ahnung von den Möglichkeiten dieses Mannes hätte?

Welche Möglichkeiten?

Zahllose aufeinander aufbauende und ineinander greifende Möglichkeiten. Hunderttausende von Menschen, die ihm täglich allein nur in den sozialen Medien bereits folgten, die jedem seiner Worte vehement beipflichteten, die nur auf ein Wort oder auf eine Nachricht von ihm warteten. So wie andere auf ein Fußballspiel oder auf einen Boxkampf warteten. Was seien im Vergleich dazu meine Möglichkeiten?

Immerhin die Möglichkeit, einen Blog zu verfassen.

Ihre Antwort: Jeder Einwand gegen ihn werde früher oder später als Angriff gewertet, nicht nur als Angriff gegen ihn, sondern gegen die ganze Stadt – zumindest aber gegen eine unüberhörbare Mehrheit dieser Stadt, die Mehrheit jener, die ihn gewählt hätten und ihm verfallen seien.

Und deshalb solle ich keinen Blog schreiben?

Sie riet mir dringend davon ab.

Ob ich eine Ahnung von der Wut mancher Menschen hätte?

Welche Wut?

Eine jahrelang aufgestaute und eingeprügelte Wut, die auf jemanden wie mich nur warte: Engländer, Verunfallter, Klinikrechnung nicht bezahlt … Das und einiges mehr. Was ich auch schreibe, so Corinna, man werde all das, was ich vorbringe, sofort gegen mich auslegen. Er, Burger, sei mir in allen Belangen haushoch überlegen. Um ein Vielfaches beschlagener, intelligenter und belesener. In sämtlichen Bereichen fundiert und faktenkundig. Ganze Abteilungen, die nicht nur unermüdlich für ihn arbeiteten, sondern die an seinen Lippen geradezu hingen. Wer oder was sei ich im Vergleich dazu? Kaum mehr als ein Wurm im Vergleich zu einem Rennpferd.

Ich schrieb den Blog trotzdem.

Oder gerade deshalb.

Wurm gegen Rennpferd.

Corinna lief auf und ab.

Dann ging sie nach oben.

Stille.

Ich schlief.

Als ich wieder wach wurde, stand Frau Reinders vor der Tür. Sie wirkte durchaus anteilnehmend, fragte mich nach meinem Befinden, so, als wollte sie mir einen letzten Raum zum Wachwerden oder Durchatmen gewähren. Dann reichte sie mir ein Smartphone. Ob ich das alles sehen und lesen könne? Ich konnte es. Eine Erklärung des Oberbürgermeisters. Nur zwei Stunden nach der Veröffentlichung meines Blogs. Die Sprache nicht aufbrausend oder unfreundlich. Eher kühl und sachlich. Sie schwankte zwischen Unfallbericht und Betroffenheit. Fast in jedem Satz irgendeine Zahl: Um exakt 21.53 Uhr … Drei Meter von dem Berichterstattenden entfernt … Kreuzung Burggasse und Rebstockgasse … Längengrad 9.0576 … Breitengrad 48.5216 … 363 Höhenmeter … 17,3 Grad Celsius … Unerlaubte Fahrradfahrt durch die Fußgängerzone … Linksfahrer … Überhöhte Geschwindigkeit … Quietschendes Hinterrad … Illegaler Hilfsmotor … Nicht verkehrstauglich … Offensichtliche Trunkenheit des Fahrers … Geruch von Bier und Zigarettenrauch … Sowie von verbranntem Gummi … Fahrer nicht ansprechbar … Trotz wiederholter Zurufe … Nicht zum Absteigen zu bewegen … Gefahr von Kollisionen … Versuche einzugreifen …

Gar nicht so schlimm.

Corinna: gar nicht so schlimm?!

Jedenfalls weniger schlimm, als ich das erwartet hätte.

Frau Reinders: Burger begnüge sich erst einmal damit, ein Ereignis sehr nüchtern und zurückhaltend darzustellen, aber es eben darzustellen, unter wechselnden Hashtags, umso nüchterner, je mehr er sich der Entrüstung seiner Anhänger über das Geschilderte gewiss sein könne. Dann sei er am allernüchternsten. Fast mit einer gewissen Gelassenheit und Vorfreude. Es seien seine Anhänger, aus denen dann ihre ganze Wut über das Geschilderte herausbreche, und das in endlosen, nicht mehr abreißenden Kommentaren. Burger könne dann abseits stehen: Er habe doch gar nichts gesagt. Es seien seine Anhänger gewesen, die das gesagt hätten. Niemand könne ihnen das verbieten.

Niemand könne ihnen das verbieten.

Und in der Tat: Es folgte eine ganze Gebirgswand an Kommentaren. Wie von Frau Reinders vorausgesagt. Das Wort *Engländer*. In meinem Blog hatte die Nationalität keine Rolle gespielt. Jetzt *spielte* sie plötzlich eine Rolle: *ein Engländer, dieser Engländer, was für ein Engländer*. Nicht Burger, der Bürgermeister, sondern ich, der Engländer.

Frau Reinders: Lesen Sie besser nicht weiter.

Doch, ich las weiter.

Unter dem Hashtag *Migrantenkriminalität*.

Und später dann: *Englischer Alkoholfahrer*.

Aufbrausende, auf Tische hauende, sich immer weiter befeuernde Kommentare. Jetzt-reicht-es-Kommentare. Genug-ist-genug-Kommentare. Als wäre diesen Kommentatoren schon seit Jahren Ungeheuerliches zugestoßen.

Frau Reinders: Bitte lesen Sie nicht weiter!

Ich las trotzdem.

Immer noch der Hashtag *Migrantenkriminalität*.

Oben hörte man bereits die ersten Mütter, die ihre Kinder zum Abendessen abholten.

Ich glaubte, das Wort *Engländer* zu hören.
Dieser Engländer.
Dieser seltsame Engländer.
Hashtag: *Engländer.*
Bitte lesen Sie nicht weiter.
Und zwischen all diesen Hashtags und Kommentaren kursierten nun auch einige Fotos von mir, nicht unbedingt vorteilhafte Fotos, zum Beispiel ein Foto, das gleich nach meinem Unfall von meiner Schwester in der Klinik gemacht worden war: auf dem Rollstuhl sitzend mit bandagiertem Arm, das Inbild eines Verunfallten, der sich in jeder Hinsicht ins Unrecht setzt, allein schon durch diesen Unfall. Ich selbst hatte dieses Foto ins Netz gestellt, eine Dummheit, eine fahrlässige Dummheit. Alles schien mit diesem Foto auf den Punkt gebracht, die Erbärmlichkeit und die Unhaltbarkeit einer ganzen Existenz. Und dann auch noch ein zweites Foto, ein Bild aus meinem Lieblingspub in Birmingham. Man sieht mich dort mit einer Zigarette im Mund und einem Bierglas in der Hand. Um meinen Hals hängt ein Aston-Villa-Schal. Ich scheine auf diesem Bild etwas sagen zu wollen. Es wirkt wie ein hilfloses Aufbegehren, ein debiles Gestammel, wie ein nach Luft schnappender Fisch – oder die letzten Worte eines Ertrinkenden …
Frau Reinders: Bitte lesen Sie nicht weiter.
Der Vorwurf, überhaupt hier zu sein.
Und nirgendwo sonst.
Und dazu diese unsäglichen Fotos.
Aston-Villa-Fan.

Alkoholiker.

Linksfahrer.

Lesen Sie nicht weiter.

Erst Autounfall, jetzt Fahrradunfall.

Das geht zu weit.

Eindeutig zu weit.

Ist in der Klinik und zahlt seine Rechnung nicht.

Man hilft ihm, und er grüßt den Oberbürgermeister nicht.

Ist das der Dank?!

Ist das der Dank?!

Lesen Sie nicht weiter.

Und selbst, wenn ich nicht weitergelesen hätte, so hörte ich doch die Echos dieser Worte in den folgenden Tagen aus Kindermündern.

Crashtest-Dummy!

Crashtest-Dummy!

Sie malten Bilder.

Bilder meines Unfalls.

Und Bilder von Thorwald Burger.

Mit einem Sheriffstern.

Und einem Lasso.

Mich einfangend.

Crashtest-Dummy!

Crashtest-Dummy!

Gefolgt von Eltern, die sich zunehmend an meiner Gegenwart störten. Trotz englischer Geschäftsbriefe, die ich nach wie vor für einige Elternpaare schrieb. Trotz Englischunterricht, den ich immer noch ausgesuchten

Kindern erteilen sollte. Frau Reinders musste mich wieder nach unten schicken.

Bitte lies nicht weiter.

So Corinna.

Es wird nicht besser.

Nur immer noch schlimmer.

In der Tat immer schlimmer.

Ab auf die Insel!

Oder noch weiter weg.

Was erst gewesen wäre, wenn kein Engländer, sondern ein Angehöriger ganz anderer Staaten hierhergekommen und so etwas vorgefallen wäre – so Corinna. Sie wagte nicht daran zu denken.

Es war Abend.

Endlich Stille.

Wir tranken ein Bier.

Und noch eines.

Es klingelte an der Haustür.

Wir reagierten nicht.

Es klingelte weiter.

Corinna schlich nach oben.

Ein Mann stand an der Haustür, offenbar ein Redakteur der Lokalzeitung. Durch die Glastür präsentierte er seinen Presseausweis. Schließlich bat Corinna ihn hinein. Ein Herr Leypoldt. Er kam nach unten und schüttelte meine Hand.

Mister Crash?

Nein, Mister Ash. Jeremy Ash.

Aus Birmingham?

Jawohl.

Wir setzten uns.

* * *

Er war durchaus freundlich, jedenfalls nicht unfreundlich, wollte sich in groben Zügen über das Geschehene informieren.

Ich erzählte. Er machte sich Notizen. Auch Corinna erzählte, und er machte sich noch mehr Notizen.

Corinna: All das sei passiert, nicht wegen eines quietschenden Fahrrades oder einer angeblichen Alkoholfahrt, sondern nur aus dem einzigen Grund, dass es jemand gewagt habe, den Oberbürgermeister nicht sofort zu grüßen – oder ihn mit den falschen Worten zu grüßen.

Herr Leypoldt machte sich Notizen: nicht zu grüßen oder mit den falschen Worten zu grüßen …

Corinna: Ansonsten wäre das alles nicht passiert.

Herr Leypoldt: Das sei durchaus bemerkenswert.

Corinna: Ja?

Herr Leypoldt: Aber nicht ganz einfach, so etwas nachzuweisen oder auf den Punkt zu bringen.

Corinna: Man könne es auf den Punkt bringen, indem man es ohne Umschweife einfach niederschreibe.

Herr Leypoldt: Er werde den Umstand vielleicht in einem Nebensatz erwähnen.

Corinna: Warum er es nicht in einem Hauptsatz erwähne?

Weil das Unfrieden stifte.

Unfrieden?

Weil es Dominosteine zum Kippen bringen könne.

Dominosteine?

Unüberschaubare Ketten an Dominosteinen. Weil es möglicherweise ein falsches Licht auf die Stadt werfe. Weil Burger an dem genannten Abend vielleicht auch ein wenig überspannt oder angeschlagen gewesen sei. Das könne ja einmal vorkommen. Und er fügte hinzu: Weil er nicht irgendein Bürgermeister sei.

Nicht irgendein Bürgermeister.

Wieder und immer wieder hörte ich diesen Satz, nicht nur in diesem Gespräch, sondern in unzähligen anderen. Weil er nicht irgendein Oberbürgermeister sei, sondern ein Ausnahmebürgermeister, ein absoluter Bürgermeister, der Inbegriff eines Bürgermeisters. Und so weiter. Sein Name sei ein Begriff, sein Gesicht ein schlagartiges Erkennen, seine Äußerungen und Reden weithin gehört. Höhere Beliebtheitswerte als viele Bundesminister …

Corinna: Und deshalb dürfe man keine Hauptsätze mehr schreiben?

Herr Leypoldt: Natürlich dürfe man das. Aber mit Umsicht und Bedacht.

Mit Bedacht?

Angesichts der überragenden Beliebtheit dieses Mannes.

Corinna: Deshalb also eine Grußpflicht?

Keine Grußpflicht, aber ein gewisser Respekt. Und er fügte hinzu: Burgers Beliebtheit sei für Außenstehende womöglich nur schwer zu fassen, aber es handle sich um eine Beliebtheit, die das *Innerste* der Menschen berühre.

Corinna: das Innerste?

Herr Leypoldt: in der Tat.

Seine Taten.

Seine Leistungen.

Seine Fernsehauftritte.

Ein ständiger Sitz in den Talkshows.

Allein nur die Art seiner Wahlsiege. Das seien nicht irgendwelche Siege, sondern Erdbeben, Eruptionen und Paukenschläge – sich immer weiter steigernde Bekundungen der allergrößten Zustimmung. Und das weit über die Stadtgrenzen hinaus.

Herr Leypoldt zog sein Smartphone hervor und zeigte Fotos. Ob ich das sehen könne? Begeisterungsstürme. Nicht enden wollende Begeisterungsstürme. Böllerschüsse und Fahnenmeere, Jubelrufe und Fangesänge. Der Marktplatz sei schwarz von Menschen gewesen. Blaskapellen hatten für ihn aufgespielt, und das mit einer kaum zu glaubenden Verve und Wucht ... Was sei im Vergleich zu all dem eine private Wahrheit: Er hat den Bürgermeister nicht gegrüßt? Es sei so gut wie nichts.

Corinna deutete auf meine Schürfwunden: Ob das auch so gut wie nichts sei?

Nein.

Aber?

Er schwieg und trank eine Flasche Bier, die Corinna ihm gereicht hatte. Er trank in großen Schlucken. Dann ging er nach draußen und rauchte auf der Terrasse eine Zigarette.

Corinna: Sie rauchen?

Herr Leypoldt: Ja, ich rauche.

Er glaubte sich in der dicht begrünten nächtlichen Umgebung des Kinderhauses halbwegs sicher. Nach wenigen Zügen drückte er die Zigarette aus und ging wieder hinein, sprach nun (als wollte er von dem Zigarettenrauch ablenken) von repräsentativer Demokratie: nicht im üblichen Sinne, nicht derart, dass Anliegen oder Wünsche oder Interessen repräsentiert werden, sondern Größe.

Wie bitte?

Nackte Größe.

Er, Burger, präsentiere oder repräsentiere Größe, seine eigene, sich selbst befeuernde und von allen Seiten immer weiter befeuert werdende Größe, und zusammen mit seiner stetig wachsenden Größe repräsentiere er die Größe der von ihm vertretenen Stadt.

Wir sind groß, weil er es ist.

Er ist groß, weil wir es sind.

Beide werden wir immer größer. Ganz unabhängig davon, ob man hier nun rauchen dürfe oder nicht.

Er zeigte weitere Fotos: Reisebusse, die hierherkommen und Touristen bringen, die gar nicht unbedingt nur die Stadt sehen wollen, sondern vor allem ihn – wenigstens aus der Ferne, für einen kurzen Augenblick, sei es nun auf dem Marktplatz oder wie er mit schnellen Schritten hinauf Richtung Burg eilt. Nicht wenige Besucher, die es kaum glauben können, ihn einfach irgendwo auf der Straße zu sehen, nachdem man ihn sonst nur im Fernsehen oder in den Nachrichten gesehen hat. Burger. Da ist er. Dort läuft er. Ohne Vorwarnung und aus dem Nichts.

Und nicht nur Touristen, sondern auch Sympathisanten und Anhänger, politisch überzeugte Menschen, die nur seinetwegen überhaupt hierher pilgern.

Politisch überzeugte Menschen. Ich fragte ihn, was das bedeute und worin deren politische Überzeugungen letztendlich bestünden.

Er überlegte. Schließlich antwortete er: Die Menschen, die drin sind, sie bleiben drin. Und die Menschen, die draußen sind, sie bleiben draußen. Und das mit dem ganzen Hass derjenigen, die drin sind. Das sei die Quintessenz von all dem.

Er öffnete eine zweite Flasche Bier.

Und rauchte eine zweite Zigarette.

Manchmal sprühe Burger regelrecht vor Ideen. Er stehe morgens auf und habe eine Idee. Nicht selten seien es Wahnsinnsideen, aber wenigstens seien es noch Ideen. Er spreche einen Satz und das Land fange an durchzudrehen.

Durchzudrehen.

In diesem Moment erinnerte ich mich an eine Zeile von William Shakespeare: *Some are born great, some achieve greatness, some have greatness thrust upon them.* Einige werden groß geboren, andere erreichen Größe und wieder anderen wirft oder schleudert man die Größe nach.

Herr Leypoldt schrieb das auf.

Durchaus interessante Sätze.

Als wären derlei Sätze eigentlich verboten.

Man müsse versuchen, Thorwald Burger richtig zu begreifen. Philosophisch gesehen sei Burger ein radikaler Anti-Kantianer.

Anti-Kantianer?

Nicht die Würde des Menschen, sondern die Frage seines Preises und seines Nutzens stehe bei ihm im Mittelpunkt.

Lesen Sie seine Schriften.

Kraftfutter für den Verstand.

Realist.

Pragmatiker.

Problemlöser.

Äquivalenzdenker.

Nullsummenlenker.

Das und einiges mehr.

Einen vielbeachteten Rom-Essay habe Burger zuletzt verfasst. Burger sei an geschichtlichen Fragen äußerst interessiert. Zuerst, so Burger, habe das Römische Imperium die Kontrolle über den Limes verloren, dann nach und nach die Kontrolle über sein Territorium und am Ende dann auch noch die Kontrolle über die Stadt Rom selbst. Überrollt, überrannt, pulverisiert. Bis von Rom nichts mehr übrig war.

Im Übrigen, so Herr Leypoldt, sei die Stadt in einem tadellosen Zustand. Der neue Bahnhofsvorplatz: ein Geniestreich. Oder die neue Seilbahn quer über das Tal. Oder ein abendfüllender Film, der demnächst in die Kinos komme: *Das Leben Burgers.* Überdies ein Bühnenstück am Stadttheater über das Leben seines Vaters: *Der Imker.* All das und einiges mehr, das sich in der Stadt nun ereigne. Ein prallgefülltes Kulturleben. Er empfahl, mir das doch einmal anzuschauen, das Bühnenstück, oder wenigstens den Kinofilm, auch den von ihm entworfenen Bahnhofsvorplatz sowie die spektakuläre, kilometerlange Seilbahn. Sie sei noch einmal etwas ganz anderes als die durchaus umstrittene Fahrradbrücke: reifer, gelungener und menschenfreundlicher. Nicht zuletzt die neugebaute Radsporthalle, in der unzählige Ergometer stünden und Strom erzeugten.

Strom erzeugen?

Hunderte von Freiwilligen, die jeden Tag (und immer öfter auch nachts) aus freien Stücken in die Halle kämen und Strom produzierten, und sei es nur, um kurz vor dem Zubettgehen ihre Beine ein wenig durchzubewegen, in steigenden und sich gegenseitig überbietenden Wattzahlen. Um etwas Gutes zu tun: für sich selbst und für die Stadt. Tausende von Kilowattstunden Strom. Die Laternen ganzer Straßenzüge leuchteten blau, um das zu unterstreichen.

Auftritte in drei verschiedenen Talkshows.

Aufgrund einer einzigen Idee.

Und eines packenden Bildes.

Blau leuchtende Straßenlaternen.

Und noch einmal fünf Talkshows, wenn er daran denken würde, nicht nur Freiwillige in dieser Halle pedalieren zu lassen …

Sondern?

Sondern auch Unfreiwillige.

Unfreiwillige?

Doch er denke gar nicht daran.

Nur andere dächten daran.

Und das sei eine Kunst.

Andere daran denken zu lassen.

Es war schwer zu entscheiden, ob Herr Leypoldt das alles sagte, um mich zu warnen, um es als Ausdruck von durchaus Bedenklichem zurückzuweisen – oder ob er am Ende selbst mitgerissen war von all dem, was er da erzählte.

Er räumte ein, dass gelegentlich eine gewisse Schwermut über dem Tal liege, eine gedämpfte Mattheit und Müdigkeit, ein Gefühl von Misstrauen und Missmut; dass einige Hundert Menschen (überwiegend Akademiker und Künstler) die Stadt bereits verlassen hätten. Doch demgegenüber stünden zahllose Menschen, die nur seinetwegen überhaupt hierher kämen …

Der neue Bürgerpark.

Das Bürgerhaus.

Die Bürgerbahn.

Das Bürgertelefon.

Die Bürgerpflicht.

Die Bürgerstadt.

Die Bürgerrepublik.

Der Bürgerstaat.

Oder Burgerstaat.

Er riet mir, von Burger abzulassen, die Dinge auf sich

beruhen zu lassen, die Angelegenheit so glimpflich wie nur irgend möglich enden, nein, sie einfach versanden zu lassen. Er stand auf und ging.

Die Angelegenheit glimpflich versanden zu lassen. Wie um das zu unterstreichen, verfasste Herr Leypoldt einen insgesamt wohlwollenden Artikel, der bereits zwei Tage später veröffentlicht wurde. Man zeigte ein Foto von mir. Es sah weniger schlimm aus, als ich es erwartet hatte. *Ein Engländer in Karlsberg.* So die Überschrift. Als wäre schon dieser Umstand ein ungeheuerlicher Vorgang. Der Artikel berichtete in aller Ausführlichkeit, präsentierte sogar Skizzen meiner Fahrradfahrt durch die Fußgängerzone. Er veranschaulichte all das – wie in der Beschreibung eines Unfalls oder einer Feldschlacht – anhand von Pfeilen und Gegenpfeilen, Bewegungen und Gegenbewegungen, um dann schlussendlich die Ereignisse auf eine Reihe tragischer Zufälle und kulturalistischer Missverständnisse zurückzuführen. Grüßen sei in England weniger verbreitet als in Deutschland. Nur deshalb hätte ich den Oberbürgermeister nicht sogleich erkannt – beziehungsweise ihn nicht angemessen gegrüßt. Ein Fehler, aber am Ende vielleicht sogar ein verzeihlicher Fehler.

Ein verzeihlicher Fehler.

Frau Reinders lobte den Umstand, dass Herr Leypoldt sich immerhin darum bemüht habe, die Wogen ein wenig zu glätten. Er hätte auch ganz anders schreiben können, und er könnte das auch jederzeit tun. Stattdessen die Bemühung um eine Beruhigung: mir zuliebe, der

Stadt zuliebe, und nicht zuletzt auch den Kindern im Kinderhaus zuliebe.

* * *

Burgers Postings kreisten auch längst um ganz andere Fragen. Das sei der Vorteil seiner ständigen Postings, so Corinna. Er finde neue Themen. Und sei es nur ein schlecht gemachtes Theaterstück oder ein querliegender Mülleimer: Warum er da liege? Mitten auf der Straße. Was er bedeute? Wer ihn da hingelegt habe? Das und einiges mehr: ein Thema. Wenigstens für einige Minuten. Bis er wieder davon ablasse und etwas Neues finde …

Etwas Neues.

Ein eindringlicher Dudelsackton auf den Smartphones seiner Anhänger – so kündigen sich seine Postings jedes Mal an. Anhand dieses unverwechselbaren Dauertons ist sofort zu erkennen, dass er es ist und niemand sonst, der etwas vermeldet. Je länger, je eindringlicher dieser Ton, desto brennender scheint ein Thema.

Nach meinem Eindruck war der Ton immer derselbe, doch Corinna glaubte, dass der Dudelsack bei bestimmten Themen deutlich länger und lauter klang als bei anderen: ein aufheulender, in manchen Momenten auch weinerlicher, in jedem Fall aber ein aufrüttelnd-insistierender und nicht mehr ablassender Dudelsackdauerton.

Hörst du das?

Ja, man hörte es. Ob nun aus nächster Nähe oder von weither. Und sei es nur aus den Taschen eines entfernten

Spaziergängers. Oder an den Tischen einer Kneipe. Bis heute höre ich diesen unverwechselbaren – von Burger offenbar selbst komponierten – Dauerton, der teils aufwühlt und alarmiert, aber auch beruhigt, die Menschen an die Hand nimmt und sie ihre Reihen nach einer ersten spontanen Erregung wieder schließen lässt. Wie ein schottischer Hochlandrebell erscheint mir Burger in diesem Moment, unter freiem Himmel stehend, bärtig und verwegen, in einem zerrissenen Schottenrock, der mit einem Schwert in der Hand seine Anhänger hinter sich schart, um sie gegen eine feindliche Übermacht in die Schlacht zu führen. Gegen alle Widrigkeiten. Zu jeder Tages- und Nachtzeit und bei jedem Wetter. In Donner, in Blitzen, in Regen. Wie in Shakespeares *Macbeth*.

Was jetzt wohl als Nächstes noch kommen könnte? Was Burger uns zu dieser späten Stunde vielleicht noch mitteilen möchte? Womöglich Ungeheuerliches. Ganz sicher Ungeheuerliches, keine querliegenden Mülleimer mehr, sondern ab jetzt atemberaubende Wahnsinnsnachrichten – sonst würde er uns das ja nicht mitteilen wollen. Die Menschen schauen auf. Wo immer sie auch sind. Oder zucken zusammen. Halten inne. Ziehen ihre Smartphones hervor und beginnen zu lesen, zumindest aber Burgers Äußerungen beiläufig zu überfliegen. Fast immer geht es um ein wutschreiendes Ärgernis oder um ein alles Bisherige übersteigendes Ereignis, das Burger irgendwo entdeckt hat und das er nun kundtut, entweder lakonisch knapp oder in aller Deutlichkeit. Und man sieht, wie sein Ärger sich innerhalb von Sekunden auf jedes einzelne Smartphone überträgt – und auf deren Besitzer. Man sieht die unmerklichsten Nickbewegungen. In manchen Momenten scheint es auch ein Achselzucken oder ein Wegducken. Als würde Burger uns mit seinen Postings schütteln oder ohrfeigen wollen. Habe ich es euch nicht schon immer gesagt! Versteht ihr nun! Begreift ihr es endlich! Unsichtbare Fäuste schlagen auf Tische. Jetzt reicht es! Man muss gar nicht mehr weiterlesen. Es ist ja alles schon nach wenigen Worten offenbar. Jetzt knallt es. Jetzt schlägt es dreizehn. Oder vierzehn. Oder noch höher …

Corinna zuckt jedes Mal zusammen, wenn sie diesen Dudelsackton – oder Dudelsäcke überhaupt – nur von Weitem hört. Gespräche werden unterbrochen und Biergläser abgestellt. Liebespaare hören auf, sich zu küssen. Smartphones werden beäugt. Augen werden gerollt und Wutlaute ausgespuckt … Corinna nennt es: unser täglich Gift. Sie hält meine Hand: als wollte sie mich halten. Oder sich selbst ein wenig halten. Oder als wäre ihre Erleichterung immer noch grenzenlos, dass Burgers Postings nun nicht mehr länger mir gelten. Nicht mehr mir …

Mein Smartphone klingelte. Kein Dudelsack- oder Burgerton, sondern ein normaler, friedlicher Klingelton. Es war Frau Schmidt, die mich anrief. Ihrer Stimme entnahm ich eine gewisse Distanz und Enttäuschung. Was machen Sie nur für Sachen? So klang das. Trotzdem versuchte sie jovial zu erscheinen. Sie habe an mich gedacht und mit mir gebangt. Sie hatte sich ernsthaft Sorgen um mich gemacht. Mit einigen meiner öffentlichen Äußerungen sei ich deutlich zu weit gegangen.

Bin ich das?

Sie wies mich darauf hin, dass auch Burger nur ein Mensch sei, vielbeschäftigt, von allen Seiten im Fokus, belagert, gefordert und bedrängt, jeden Tag aufs Neue. Dass er daher manchmal auch etwas gereizt reagieren könne.

Sie räumte ein, dass die Kommentare in den sozialen Medien in meinem Fall ungewöhnlich scharf formuliert gewesen seien, dass manche von Burgers Anhängern gelegentlich etwas aufbrausend seien.

Sind sie das?

Obgleich ein Großteil seiner Anhänger gar nicht hier in Karlsberg lebe, sondern im ganzen Land verstreut. In Karlsberg selbst seien die Menschen in ihren Urteilen durchaus ausgewogener und milder.

Milder?!

Außerhalb der Stadt dagegen um einiges leidenschaftlicher. Vielleicht auch deshalb, weil es ihnen versagt sei, einen Bürgermeister wie Burger direkt wählen zu können, und sie sich daher umso deutlicher anderenorts zu ihm bekennen wollten. Am Ende sei Karlsberg für Burger viel zu klein.

Viel zu klein.

Sie fügte noch hinzu: Was für ein phantastischer Artikel in der Zeitung erschienen sei, phantastisch positiv.

Positiv?!

Jawohl positiv. Selbst meine härtesten Kritiker würden damit ein wenig in ihre Schranken gewiesen. Und auch ein schönes Foto von mir. Sie habe sich unendlich darüber gefreut. Um die Wirkung dieses Artikels noch einmal zu verstärken, wäre es vielleicht gut, so Frau Schmidt, Burger eine Kiste Wein zu schenken.

Eine Kiste Wein?

Einen *Karlsberger Gutedel* oder vielleicht auch ein englisches Gebäck: *Für Thorwald Burger mit allen guten Wünschen*. Oder Burger vielleicht sogar anzubieten, hin und wieder Gartenarbeiten für ihn zu erledigen …

Doch sie verwarf diese Ideen wieder: vielleicht besser doch nicht. Sie habe aber (entgegen des Rates ihres Mannes) mit Burgers Büro telefoniert und dort ein gutes Wort für mich eingelegt.

Ein gutes Wort für mich eingelegt?

Ja.

Warum?

Einfach so.

Eigentlich habe ich es nicht nötig, erklärte ich ihr, dass man irgendwo ein gutes Wort für mich einlegt.

Ihrer Ansicht nach schien es durchaus vorteilhaft.

Warum?

Um mir – nicht zuletzt auch gegenüber den kritisch eingestellten Eltern im Kinderhaus – einen besseren Stand zu verschaffen.

Und sie hatte sogar recht: Mein Stand im Kinderhaus war nicht der allerbeste. Auch unabhängig von den nicht abreißenden Kommentarlawinen. Es gab Eltern, die in Sorge waren, ihre Kinder könnten sich durch meine Aussprache ein grundfalsches Deutsch aneignen, ein englischdurchtränktes Halbdeutsch. Oder ein lispelndes Pilotendeutsch. Nicht wenige Elternpaare hatten Frau Reinders deshalb gebeten, ich möge mit ihren Kindern nicht zu oft *Deutsch* sprechen, ihnen auch nichts mehr aus Büchern vorlesen, jedenfalls nicht aus deutschsprachigen Büchern, nur noch in dringenden Not- oder Ausnahmefällen mit ihren Kindern überhaupt sprechen, mich dabei auf das Allernotwendigste beschränken: auf *ja*, *nein* oder *vielleicht*.

Frau Schmidt hatte den Mitarbeiterinnen und Mitarbeitern von Burgers Büro offenbar erklärt, dass ich durchaus anders sei, als es in der Öffentlichkeit womöglich den Anschein habe, um einiges freundlicher, rücksichtsvoller und zuvorkommender.

Ein Gentleman.

So oder so ähnlich.

Sie hatte wohl angeregt, dass ich für Burger vielleicht sogar Reden verfassen könnte.

Reden?

In englischer Sprache. Nachdem ich für ihren Mann so wunderbare Geschäftsbriefe verfasst habe. Und ähnliche Briefe, wenn nicht gar Reden, könnte ich dann doch auch für Burger verfassen, Reden, die er beispielsweise bei offiziellen Anlässen in perfektem Englisch halten könnte.

Wo?

Im Ausland. Oder auch im Inland. Bei den verschiedensten Gelegenheiten.

Wie stellte sie sich das vor?

Sie stellte es sich dergestalt vor, dass Burger mir einige seiner Gedanken vortragen könnte und ich sie dann ins Englische übertragen würde, gespickt mit Shakespearezitaten. Dass ich mich damit der ganzen Stadt gegenüber in einem völlig anderen Licht zeigen könnte: als Burgers persönlicher Redenschreiber. Dass auf die Dauer das Kinderhaus nicht der richtige Ort für mich sei, dass angesichts meiner Fähigkeiten auch ganz andere Aufgaben für mich infrage kommen könnten. Dass die Tätigkeit eines Redenschreibers eine wirklich interessante Möglichkeit für mich sein könnte.

Möglichkeit?

Ja.

Eine Möglichkeit wofür?

Darauf wusste sie zunächst keine Antwort. Schließlich sagte sie: um ihn kennenzulernen.

Ihn kennenzulernen?

Ja.

Warum sollte ich ihn kennenlernen?

Für sie schien das der Inbegriff einer Lebenserfahrung, einen Menschen wie Burger einmal aus nächster Nähe zu erleben oder ihn kennenzulernen. Sie sprach von Aura und Charisma, der Fähigkeit, seine Umgebung sofort in den Bann zu schlagen. Er sei ganz anders, als er bei oberflächlicher Betrachtung gelegentlich wirke, so Frau Schmidt, vielschichtiger, tiefgründiger und weitsichtiger, in manchen Momenten geradezu philosophisch, ein Denker, ein Vorausschreitender, ein die Welt und ihr Innerstes in den schärfsten Analysen Durchdringender …

Durchdringender.

Ganz andere Aufgaben, Ämter und Möglichkeiten würden auf ihn noch warten, weit über die Stadt hinaus.

Ministerämter.

Botschaftsämter.

Außenamtsämter.

Ämter über Ämter.

Und ich an seiner Seite.

Trotzdem war er immer noch hier.

Und ich ebenfalls.

Als Nicht-mehr-EU-Bürger hatte ich nicht einmal ein wirkliches Bleiberecht, allenfalls eine vorübergehende Duldung, wie mir das Ausländeramt wiederholt mitgeteilt hatte. Was machen Sie überhaupt noch hier? – so die Blicke meiner Sachbearbeiterin, und ich zeigte ihr jedes Mal die unbezahlten Klinikrechnungen sowie die Bescheinigungen des Tilgungsplans. Das sei ja überhaupt nichts, gab sie mir zu verstehen. Weder Fisch noch Fleisch. Ich möge nicht glauben, dass ich aufgrund dieses nebulösen Tilgungsplans endlos hierbleiben könne. Mein britischer Pass schien hier so gut wie wertlos. Jedenfalls ohne ein gültiges Visum. Kein EU-Bürger mehr, sondern nur noch ein völlig beliebiger Ausländer, den man jederzeit abschieben könne. Ohne Vorwarnung und aus dem Nichts.

* * *

Ich schrieb an meiner Reportage. Fast hätte ich geschrieben: Ich *schrie* an meiner Reportage. Noch immer hatte ich die Hoffnung, damit wenigstens einen Teil meiner Schulden abbezahlen zu können. Und das auf einen Schlag. Hier ist sie, meine Reportage …

Meiner Schwester schickte ich ein erstes Exposee: *Burger, eine Annäherung*. Was sie davon halte?

Nichts.

Bislang hatten meine Reportagen überwiegend von den Schwachen und Deplatzierten gehandelt, und kaum jemanden hatte das interessiert. Daher jetzt also eine Reportage über einen Menschen wie Thorwald Burger.

Ich sei ja völlig besessen.

Meine Antwort: Man komme nicht umhin, wenn man über jemanden wie ihn schreibe, dabei in eine gewisse Besessenheit zu geraten.

Ja?

Ja!

Auch meine Redaktion in England reagierte auf meine Reportagepläne nur zögerlich. Um die Wahrheit zu sagen: Man antwortete mir noch nicht einmal mehr. Auch das ist eine Antwort. Keine Antwort. Die Antwort unserer Zeit. Das Thema anscheinend nicht packend genug. Zu klein und zu provinziell. Zu unbedeutend. Trotz Seilbahnen und spektakulärer Fahrradbrücken. Vielleicht aber auch – zumindest als Reportage – zu unwirklich-grotesk, zu nah an der Phantastik eines Romans wie *Gullivers Reisen*. Man glaubt ja kein Wort, so könnte man sagen. Obgleich ich mich in den vergangenen Wochen kaum anders als wie ein Gulliver gefühlt hatte: mehr oder weniger entgeistert.

Ich bin auch kein Timothy Garton Ash, der große englische Historiker und Publizist, in gewisser Hinsicht mein Vorbild, sondern nur Jeremy Ash, ebenfalls Historiker und Publizist, aber eben nicht vom Format eines Timothy Garton Ash.

Das Thema nicht packend genug?

Zu klein und zu provinziell?

Andererseits war Burger ständig im Fernsehen. Wann immer man ihn ein wenig vergessen hatte oder die Bedeutung, die man ihm zuschrieb, als übertrieben anzusehen schien, tauchte er plötzlich wieder auf: Sei es auf den stummgeschalteten Monitoren in einer Kneipe, wenn er im Vorbeigehen die Fragen einiger Reporter beantwortete, nur ein oder zwei Minuten lang, um dann wieder in einem Besprechungsraum oder in seinem Erkerzimmer zu verschwinden. So unwirklich wie eine Fata Morgana. Aber genug, um deutlich zu machen: Ich bin immer noch da. Oder sei es mitten in der Nacht, wenn ich schlaflos einen Fernseher einschaltete und er plötzlich überlebensgroß in einem endlosen Kamingespräch mir gegenübersaß. *Sternstunden der Politik*. Er saß an der Seite von Timothy Garton Ash. Fast hätte ich aufgeschrien. Er spricht mit Timothy Garton Ash! Mit niemand anderem als mit Timothy Garton Ash. Ausgerechnet mit Timothy Garton Ash. Er bombardierte ihn so lange mit Zahlen und Statistiken, bis sogar Ash nichts mehr zu erwidern wusste. Mit glasigem Blick saß er Burgers Zahlenfeuerwerk gegenüber und sagte kein Wort mehr. In diesem Moment schien Burger größer und allgegenwärtiger als je zuvor.

Es ist ein Hase-und-Igel-Rennen. Was immer man auch sagt oder tut oder schreibt oder bezweifelt oder bedenkt oder anmerkt, er ist schon dort. Wo noch niemand anderes ist. Und auch kaum jemand jemals hinkommt.

Mit englischen Historikern sprechend.
Oder im Kreise von Philosophen disputierend.
Differentialgleichungen erklärend.
Oder sich selbst erklärend.
Kochrezepte zitierend.
Bücher präsentierend.
Landkarten interpretierend.
Einwände parierend.

* * *

Langsam ging es meinem Bein wieder besser. In immer größer werdenden Schritten lief ich spazieren. Das Dreigangrad stand im Keller und war nicht mehr zu reparieren. Corinna hatte mir einen Krückstock organisiert sowie eine Baseballkappe, die ich ab jetzt, sobald ich nach draußen ging, trug, um nicht auf den ersten Blick erkannt zu werden. Kein Engländer mehr, sondern ab jetzt ein amerikanischer Gaststudent. *Yale University*. Oder etwas Ähnliches. Auf der Straße war ich wiederholt von Passanten, wenn auch nicht direkt angesprochen, so doch zumindest kritisch beäugt worden: Ist das nicht …

In einer Buchhandlung fragte mich die Verkäuferin dann ganz direkt: Sind Sie nicht …

Nein, ich bin es nicht.

… dieser Anglikaner?

Ich verneinte.

Aber ja! Natürlich!

Man hörte es an jedem Wort, das ich sprach. Sie war nicht unfreundlich zu mir, obgleich auf den zentralen Tischen der Buchhandlung in Stapeln Burgerschriften ausgelegt waren, an erster Stelle der Rom-Essay. *Eine historiographische Sensation* – stand auf einem Plakat. Die Buchhändlerin behandelte all das mit einem unmerklichen Abwinken, als wären Burgers Schriften allenfalls ein notwendiges Übel. Von irgendetwas müsse sie ja schließlich leben.

Sie bot mir einen Stuhl an und zog aus den hinteren Regalen einige entlegene Bücher heraus, von George Orwell, Sebastian Haffner, Heinrich Mann oder Hannah Arendt – auch Ernst Blochs *Das Prinzip Hoffnung* war dabei, das ich unbedingt lesen solle. Es komme darauf an, das Hoffen zu lernen, denn wenn wir zu hoffen aufhörten, komme, was wir befürchten, bestimmt.

In diesem Augenblick musste ich daran denken, dass Karlsberg ja trotz allem immer noch eine Universitätsstadt war, mit zahlreichen Studentinnen und Studenten, die hier arbeiteten und lebten, und ich fragte die Buchhändlerin, was sie, die Studierenden, über Burger eigentlich dächten? Ich fragte das mit einem Unterton von Aufruhr und Aufbegehren, da er doch gegen einiges stehe, das eine Universität im tiefsten Inneren ausmache … Sie schaute mich nur ratlos an.

Was die Studenten über Burger denken?

Ja.

Sie lieben ihn.

Lieben ihn?

Jawohl, sie lieben ihn.

Jeden Tag sogar ein wenig mehr.

Ich verließ die Buchhandlung. Zum Abschied ballte sie ihre Hand zu einer Art Faust: Lassen Sie sich nicht unterkriegen!

Nicht unterkriegen. Wie ein paar Korken auf den Wellen eines endlosen Meers.

Die Studenten – sie lieben ihn. Ich konnte oder wollte das nicht glauben. Ich sah ihre Blicke, ich hörte ihr Lachen oder hörte einzelne Sätze ihrer Gespräche. Sie klangen kaum anders als meine eigenen Gespräche. Früher wie heute. Ausgelassene und geradezu freundliche Gespräche. Keine Jubelgesänge, Dudelsacktöne oder Böllerschüsse. Als wäre die Welt noch frei und offen.

Ich fragte eine Studentin nach dem Weg. Sie war bildschön. Viel zu schön, um sie einfach nach einem Weg zu fragen. Ich fragte sie trotzdem. Sie zeigte mir den Weg, sogar in aller Freundlichkeit und Ausführlichkeit – und dann fragte ich sie ganz direkt und offen: Lieben Sie ihn?

Sie wirkte perplex: ihn lieben? Wen?

Burger.

Sie wies das – fast mit einem Aufschrei – von sich. Warum sollte sie? Und sie listete ihr Leben im Stakkato immer neuer Worte auf: Proseminare, Hauptseminare, Oberseminare, Kolloquien, Vorprüfungen, Zwischenprüfungen, Nachprüfungen … Dazu Ferienjobs und Miete bezahlen. Freunde beglücken und Fotos *liken*. Und wieder Prüfungen. Und wenn keine Prüfungen, dann Arbeiten: Hausarbeiten, Bachelorarbeiten, Masterarbeiten … Und wenn keine Arbeiten, dann wieder Prüfungen. Kein Atemzug, kein Gedanke, kein gelesener oder geschriebener Satz ohne irgendeine Prüfung … Warum sollte sie ihn also lieben? Warum sollte sie sich überhaupt mit ihm beschäftigen?

Allenfalls ein inneres Abwinken.

Oder Achselzucken.

Oder Wegducken.

Oder vielleicht eine Art Unbehagen.

Oder sogar Aufbegehren.

Wenn nicht diese Studentin, dann vielleicht andere.

Studenten mit weniger Prüfungen.

Ich begehre auf.

Jeden Tag ein paar mehr.

Ich bin nicht Ihrer Meinung.

Ich lasse das so nicht stehen.

Ich habe keine Angst mehr.

Weder vor Ihnen noch vor irgendeiner Prüfung.

Ihre Zahlen sind mir egal.

Zählen Sie, was immer Sie wollen.

Aber ich zähle nicht mehr mit.

Sätze schreiben.

Sätze sprechen.

Widersprechen.

Zunächst leise.

Dann immer lauter.

Ich widerspreche.

Mein Bein schmerzte. Trotz Krückstock. Auf der Straße war ich wieder vermehrt angeschaut worden. Nicht mehr länger wegen eines Postings, sondern wegen meines eigenen Gehinkes. Selbst ohne Schmerzen erinnerten mich die Blicke der Passanten daran: Ja, ich gebe es zu, ich laufe nicht ganz rund, ich hinke. Alles spricht tatsächlich ein wenig gegen mich.

Ich wechselte die Straßenseite – und gelangte in ein Gartenlokal: *Zum Limes*, so der Name. Als Tagesgericht gab es einen Limesbraten mit Linsen und Spätzle. Ich räume ein, ich habe eine Schwäche für derlei Speisen. Auch wenn ich nicht genug Geld bei mir hatte, um irgendetwas davon zu essen. Sehr zu empfehlen, sagte die Frau am Nebentisch. Sie bezahlte gerade ihre Rechnung und nahm mich nun fast schon mit einem Ausdruck von Fassungslosigkeit in den Blick: Sind Sie etwa Burger?

Burger?

Jawohl, Burger.

Ich verneinte entschieden.

Ich würde ihm ähnlichsehen.

Ihm ähnlichsehen?

Ja, ein wenig. Trotz Krückstock und Baseballkappe. Sie betrachtete meinen Aufzug wohl als eine Art notdürftiger Tarnung, damit ein Bürgermeister wie er sich ungestört in seiner Stadt bewegen kann. Oder sich inkognito ein Bild von ihr machen kann. Noch immer schaute sie mich an: Ich würde ihm sogar ziemlich ähnlichsehen.

Ziemlich?

Jawohl, ziemlich.

Ich wies das – durchaus entsetzt – von mir, während sie immer dichter an mich heranrückte. Erst als sie meinen englischen Akzent vernahm, schien sie mir zu glauben.

Also nicht Burger?

Leider nein.

Wirklich?

Jawohl, wirklich.

Sie schwieg.

Wie eine Touristin sah sie aus, doch war sie, wie sie mir erklärte, keine Touristin, sondern Bürgermeisterin.

Bürgermeisterin?

Hier nur zu Besuch, um die Stadt zu besichtigen und von ihr zu lernen.

Zu lernen?

Jawohl.

Und was genau lernen?

Alles. Von Grund auf. Wie man eine Stadt regiert. Wie man sie groß macht. Wie man Bauwerke errichtet. Wie man Widerstände bricht. Wie man öffentlich auftritt. Wie man ins Fernsehen kommt. Wie man im Fernsehen bleibt. Wie man Paukenschläge inszeniert. Wie man Schlagzeilen erzeugt. Wie man Wahlen gewinnt.

In einem Gästehaus der Stadt wohne sie, zusammen mit anderen Bürgermeisterinnen und Bürgermeistern aus ganz Deutschland, und nicht nur mit Bürgermeistern, sondern auch mit einigen Bundestagsabgeordneten, die in dem Haus zum Teil gar keinen Platz gefunden hätten, da es schon seit Monaten ausgebucht sei, weshalb einige wenige ausgesuchte Besucher in Burgers Privatwohnung untergebracht seien, was sie wie eine kaum noch zu steigernde Unglaublichkeit aussprach: in Burgers Privatwohnung. Sie selbst habe bereits den ganzen Tag Karlsberg inspiziert, die Fahrradbrücke und natürlich auch die Seilbahn bestaunt, Workshops und Vorträge besucht, wenn auch leider keine Vorträge von Burger selbst, der verhindert gewesen sei, so doch wenigstens Vorträge von Burgers engsten Mitarbeitern und Beratern – und auch das sei ja schon ein Gewinn, ein wirklicher Gewinn. Wie Stromstöße wirkten diese Vorträge bei ihr noch nach.

Sie schaute auf die Uhr: Sie müsse nun gehen, fragte mich noch, wo man hier unbemerkt rauchen könne. Sie sei Burger für dieses Rauchverbot wirklich über alle Maße dankbar, habe heute erst zwei Zigaretten geraucht, dank Burger, doch hin und wieder brauche sie einfach eine Zigarette, und sei es nur zur Feier eines phantastischen Limesbratens.

Ich deutete auf die Rauchwolken in einem anliegenden Gebüsch. Sie stand auf, griff nach ihren Zigaretten und ging dort hin.

Ich blieb sitzen. Vor mir lag Karlsberg wie ein gemaltes Bild: von einer makellosen Reinheit und Perfektion.

Jeder Torbogen oder Drehorgelspieler war an seinem Platz. Niemand und nichts sollte diesen Eindruck stören. Fahnen flatterten im Wind. Um ein Denkmal standen Burschenschaftler und sangen ein Lied.

* * *

Zuhause wartete Corinna auf mich. Zum ersten Mal seit Wochen küsste sie mich bei meiner Ankunft nicht. Sie wirkte abwesend. Das Radio hatte offenbar gemeldet, dass die Grenzen des Landes, wenn auch nicht direkt geschlossen, so doch zumindest von Grund auf gesichert, bewacht und kontrolliert werden sollten. Und auch Burger hatte es in einer Serie von Postings vermeldet. Mehrere Male an diesem Tag hörten wir den Dudelsackton, lauter als sonst. Es schien also tatsächlich dringend zu sein. Die Grenzen werden gesichert! Dudelsackgetön und dann diese Nachricht. In einer Art Dauerschleife. Gesichert! Falls es irgendjemand noch nicht mitbekommen haben sollte: Ihr seid jetzt sicher. Wie ein Frühlingserwachen klang das. Niemand kann euch mehr etwas antun oder anhaben. Niemand! In dieser Art schrieb er. Bis in den späten Abend.

Wir schauten Fernsehen. Die Stimmen der Nachrichtensprecher klangen eindringlich: Abweisungen, Abschiebungen und umfassende Grenzsicherungsmaßnahmen. Schon ab nächster Woche. Corinna konnte das nicht glauben. Sie wollte es nicht einmal hören. Sie ging in die Küche und trank eine Tasse Tee. Dann schlief sie.

Sie schlief zusammengerollt an meiner Seite. Ich schaute weiter. Immer noch ging es um die Grenzsicherungsmaßnahmen. Das Für und Wider. Ihre Machbarkeit und Wirksamkeit. Niemand habe die Absicht, eine Mauer zu errichten, und als Engländer sei ich hier völlig sicher.

Ansonsten genossen Corinna und ich die Stille des Kinderhauses, so, als wäre dieses Haus unser eigenes Haus, zumindest abends und an den Wochenenden. An ihrer Zimmertür hing ein Bild mit zwei gemalten Vögeln. Sie flogen gemeinsam in die Luft. Sie meinte uns beide mit diesem Bild, sie und mich. Wir kochten, spielten Mau-Mau oder schauten abends zusammen Filme – bis es irgendwann klingelte. Ein entfernter Bekannter von ihr hämmerte gegen die Haustür. Wir ließen ihn herein. Er wirkte gehetzt, verschwitzt, blutend – oder doch nicht blutend. Er war nur mit roter Farbe beschmiert. Die halbe Stadt sei auf den Beinen. Überall Polizeistreifen sowie Mitarbeiter des Ordnungsamtes. Sogar Burger persönlich sei unterwegs.

Wir versteckten ihn in einem Kellerraum. Seinen Rucksack, der mit Spraydosen gefüllt war, entsorgten wir in einer Gartenhütte. Mit Terpentin reinigten wir seine Hände. Corinna löschte das Licht. Wir sprachen kein Wort. Sie glaubte, auf der Straße ein Polizeiauto gesehen zu haben, doch als ich aus dem Fenster blickte, konnte ich nichts sehen. Corinna schloss die Vorhänge. Das ganze Wochenende lag noch vor uns. Weder Eltern noch Kinder würden in den nächsten Stunden kommen. Wenigstens das.

Wir schliefen einige Stunden.

Selbst am nächsten Morgen sprachen wir noch flüsternd. Warum dieses Drama? – hatte ich sie noch gefragt. In Birmingham gebe es Sprayer wie Sand am Meer.

Ihre Antwort: aber nicht hier.

Wir machten Frühstück.

Sie hatte keine Ahnung gehabt, dass ihr Bekannter ein Sprayer war. Nun saß er also hier und sah mich an, mit einem wehmütig-bittenden Blick, als wäre ich ebenfalls ein Sprayer oder eine Art Widerstandskämpfer. Ein Widerstandskämpfer war ich leider nicht. Aber vielleicht ein paar wenige Studentinnen und Studenten …

Offenbar hieß er Angst.

Wie bitte?

Angst.

Warum dieser Name?

Sie hatte keine Ahnung. Manche Menschen hier nennen sich eben Angst.

Warum?

Weil sie in Angst sind. Oder in Angst leben.

Hier?!

Jawohl, hier.

Er saß in einer Ecke.

Er sprach kaum mit uns.

Als hätte er in der Tat Angst.

Er studierte seine Lage anhand der sozialen Medien. Sie glühten. Man sah Fotos der Brückenpfeiler, die er in den vergangenen Nächten besprüht hatte, mit den Worten *Don't panic.* Jeder einzelne Pfeiler war mit einem Panikwort besprüht, was im Netz offenbar zu Wutausbrüchen geführt hatte. Unverzeihlich. Nicht nur die Graffitis auf den Brückenpfeilern, sondern viel mehr noch die auf den Mauern eines altehrwürdigen Fachwerkhauses. Unverzeihlich. Die Stadt stand in jeder Hinsicht gut da, makellos, in der Tat eine Art Monte Carlo, von unzähligen Touristen zu allen Jahreszeiten jederzeit besucht, eine Stadt wie gemalt, oder wie eine bis ins letzte Detail vollendete Miniaturwelt, ohne den geringsten Ansatzpunkt für auch nur den allerentferntesten Einwand – und dann das. *Don't panic.* Brückenpfeiler um Brückenpfeiler, Haus um Haus. *Don't panic.* Man sah Polizisten mit einem Ausdruck von Kopfschütteln und in ihrer Mitte Burger. Er war persönlich vor Ort. Den Tatort inspizierend, Spuren sichtend, sich mit den anwesenden Polizisten besprechend. Eine gewisse Ähnlichkeit mit Sherlock Holmes, nur ohne Pfeife und ohne Lupe – dafür aber mit einer Art Maßband. Er schien die Buchstaben an den Häusern akribisch zu vermessen. Oder er stand über einem Stadtplan gebeugt. Der Polizist zeigte mit dem Finger auf mögliche Einfallstore oder Verteidigungslinien. Es war eine Belohnung von fünftausend Euro ausgesetzt.

Die völlige Sinnlosigkeit von all dem. So oder so ähnlich Burgers Anhänger, in immer neuen, aus ihnen herausplatzenden Postings.

So sinnlos wie ein Gedicht.

So sinnlos wie ein Roman.

So sinnlos wie die Kunst.

So Angst.

Demgegenüber Burger. Auf- und abgehend. Gestikulierend. Dirigierend.

Nächtliche Patrouillen.

Eisernes Durchgreifen.

Deutliches Benennen.

Und hartes Bestrafen.

Am Montag wieder Kinderhaus. Warmes, geradezu hochsommerliches Wetter. Frau Reinders war bereits früher vor Ort. Sie war mit dem Spielzeugautoerlass beschäftigt: keine Spielzeugautos mehr in den städtischen Kindertagesstätten. Stattdessen Seilbahnen, Seen und Tierfiguren. Eine pädagogische Zeitenwende – so stand es im Erlass. Frau Reinders schüttelte unmerklich ihren Kopf. Alle paar Monate irgendein anderer Erlass. Sie packte sämtliche Autos, die sie finden konnte, in Kisten, während die Kinder draußen im Garten spielten. Sie spielten Verstecken. Ein Junge versteckte sich in der Gartenhütte und fand dort den Rucksack mit den Spraydosen.

Was sind das für komische Dosen?

So der Junge.

Er besprühte bereits eine Hauswand.

Frau Reinders war außer sich.

Sie zitierte mich in ihr Büro.

Was es mit diesen Spraydosen auf sich habe?

Nichts.

Nichts?

Nichts.

Es stellte sich ihr gar nicht erst die Frage, ob Corinna oder ich irgendeinen Sprayer in ihrem Kinderhaus versteckt haben könnten – sie hatte vielmehr den Verdacht, ich selbst könnte dieser Sprayer sein.

Ich?

Jawohl Sie!

Ich verneinte vehement.

Je vehementer ich es von mir wies, desto mehr erhärtete sich genau dieser Verdacht. Sie hätte mich anzeigen können. Sie hätte sich die Belohnung holen können. Die Belohnung war in der Zwischenzeit sogar auf zehntausend Euro erhöht worden. Stattdessen schrubbten wir (Corinna, Frau Reinders und ich) den ganzen Nachmittag die Hauswand ab.

Mein Ärger über Angst. Welch ein Name. Warum er den Rucksack vergessen hatte? Warum er, wenn er sich schon Angst nannte oder tatsächlich so hieß, so nachlässig war? Ich sprach bereits wie Burger. Angst sei etwas für Tiere. So ein bulgarisches Sprichwort. Ich fragte mich auch, warum sich jemand Angst nannte, wenn er sich und andere mit seinen Aktionen immer wieder aufs Neue in einen Zustand von Angst und Schrecken versetzte. Corinnas Antwort: Was wäre ein Akt von Mut ohne die Angst?

Die Angst, ertappt zu werden.

Gestellt und abgeführt.

Oder die Angst, zu ersticken.

In einer Dunstglocke.

Im Schatten von Wehrtürmen und Burganlagen.

Im Dunst von Bohnerwachs und Limesbraten.

Wer ein illegales Graffiti anfertigt, dem droht ein Ermitt-

lungsverfahren und eine Freiheitsstrafe von bis zu zwei Jahren oder eine Geldstrafe …

Zehntausend Euro Belohnung.

Wird man Beschuldigter eines Ermittlungsverfahrens wegen Graffiti, sollte man einen Rechtsanwalt für Strafrecht beauftragen, da Schadensersatzforderungen drohen können.

Angst kannte keine Rechtsanwälte.

Angst hatte keine Angst mehr.

Angst war nachts wieder unterwegs.

Eine Frage von Macht und Ohnmacht. So oder so ähnlich Angst. Alle Macht der Geltung, der Sprache, der Öffentlichkeit, der aufgedrehten Lautsprecher, der Devotionalien, der hell erleuchteten Fernsehstudios, der Zahlen und Statistiken auf der einen Seite … Demgegenüber nur Schweigen oder Stille – oder wenigstens einige Spraydosen, ein paar einzelne Wörter, die man noch einige Tage lesen kann.

Zehntausend Euro.

Für namenlose Kunstwerke.

Als wäre Burger ein Mäzen.

Oder ein Kunstliebhaber.

Ohne es zu ahnen.

Noch immer schrubbten wir die Wand des Kinderhauses. Die Kinder hüpften und lachten. Die ersten Eltern kamen bereits, um ihre Kinder abzuholen. Frau Reinders erklärte ihnen: ein pädagogisches Experiment. Sie deutete auf die abgeschrubbte Wand. Das Wasser hatte sich mittlerweile mit der Farbe zu einer grau-orangen Wolke vermischt. Die Eltern schienen angetan.

Graffitis.

Jede Nacht.

Graffiti auf Graffiti.

Der Altstadt näher kommend.

Wie ein altmeisterliches Ölgemälde wirkte die Stadt auf mich und ich sah Burger dabei als eine Art Maler, an einer gewaltigen Staffelei stehend, mit letzten Pinselstrichen an seinem Werk arbeitend, bevor er das Gemälde einer breiten Öffentlichkeit präsentieren würde …

Und immer weitere Graffitis.

Ein Universitätsgebäude erfassend.

Und einige erste Gebäude der Altstadt.

Sowie den Eingang zur Kunsthalle.

Bilder in den Zeitungen.

Bilder in den sozialen Medien.

Videokameras.

Wildkameras.

Polizeiautos.

Erste Festnahmen.

Jetzt reicht es.

Jetzt knallts.

Je empörter, je aufbrausender, je bedrohlicher, je überlebensgrößer Burger, desto näher kamen die Graffitis …

Nachts träumte ich, ich selbst würde damit beginnen, Mauern und Gebäude der Stadt zu besprühen, und das unwillkürlich, so sehr ich auch versuchte, mich dagegen zu wehren. Ich sprühte. Und auch Burger sprühte. Ich traute meinen Augen nicht, aber er sprühte. Er sprühte schon die ganze Zeit. Er sprühte vor Worten und Taten. Jeden Tag aufs Neue. Und je mehr er sprühte, desto größer wurde die Wolke, in der er stand, eine gewaltige Sprühwolke, kilometerhoch, und an den Rändern dieser immer größer werdenden Wolke sah ich einzelne Sprayer, tief geduckt, Sprayer wie Angst, aber auch andere Sprayer, die ihre eigenen Wörter oder Bilder oder Gedanken sprühten, wenn auch viel kleiner als die Wörter und Bilder und Gedanken von Burger. Oder, wenn sie keine Wörter oder Bilder sprühten, dann sprühten sie so wie Burger einfach irgendetwas in die Luft. So sprühten sie, so sprühte ich und so sprühten auch viele andere neben mir. Sogar Frau Reinders sprühte nun. Sie sprühte geradezu manisch. So wie ich. Ich sprühte und sprühte, ihm zum Trotz, genau ihm zum Trotz. Ich besprühte nicht nur Mauern und Gebäude, sondern auch Autos, Büsche und Bäume, je lauter ich die Stimme Burgers hinter mir hörte: Bleibt ihm auf den Fersen! Weicht nicht mehr von ihm!

Ich erwachte schweißgebadet.

* * *

Am nächsten Morgen kam eine Mitarbeiterin aus Burgers Büro ins Kinderhaus, um mich zu befragen oder gar zu verhaften, mich zumindest aus der Stadt zu weisen, wie ich zunächst glaubte, aber sie klang durchaus freundlich, wenn nicht sogar ehrerbietend und dringlich: Ob ich eventuell bei einem Empfang zugegen sein könnte.

Bei einem Empfang?

Dem Empfang einer ausländischen Delegation. Der Oberbürgermeister persönlich könne leider nicht kommen. Er lasse übrigens grüßen.

Grüßen?

Jawohl, grüßen.

Was ich kaum glauben konnte.

Noch weniger konnte ich glauben, dass Burger offenbar darüber informiert war, dass ich schon seit einigen Wochen an einer Reportage über ihn arbeitete.

Wo immer er (oder sie) diese Information auch herhatte.

Sie nickte durchaus wohlwollend. So als käme ich gar nicht umhin, Burger in meiner Reportage in den leuchtendsten Farben darzustellen.

Sie reichte ihre Dienstkarte: *Frau Dr. Viktoria Ulmer. Stabsstelle Pressearbeit & Social Media* – und sie fragte mich: Ob ich möglicherweise eine kleine Rede halten könnte? Anlässlich dieses Empfangs.

Wo?

Im Rittersaal der Burg.

Rittersaal?

Eine Rede auf Englisch.

Worüber?

Über mich und die Stadt. Über einige wenige ausgesuchte Aspekte und Sehenswürdigkeiten. Aus der Sicht eines Fremden.

Fremden?

Beziehungsweise eines Gastes: mein Unfall, mein Klinikaufenthalt, der Tilgungsplan, meine Tätigkeit im Kinderhaus etc. Wenn ich darüber berichten könnte – über Erfahrungen und Eindrücke. In dieser Art. Wenn möglich in perfektem Englisch. Man habe mich ihr von den verschiedensten Seiten empfohlen. Nur eine etwa zehnminütige Rede. Nicht mehr. Danach ein Flötenkonzert und ein Buffet.

Mit Frau Reinders hatte sie bereits wegen einer Beurlaubung gesprochen. Dem stehe nichts entgegen. Ihr elektrogetriebener Dienstwagen stand vor der Tür. Sie fuhr mich lautlos in die Stadt, zeigte mir einige der zentralen Sehenswürdigkeiten, schien mich, je weiter wir fuhren, nun endgültig von dieser Stadt überzeugen zu wollen. Karlsberg war soeben mit dem Prädikat *Luftkurort* ausgezeichnet worden – nicht zuletzt wegen des Rauchverbots, aber auch aufgrund anderer bahnbrechender Maßnahmen. Sie deutete auf futuristische Bushaltestellen und schwimmende Solarpanels. Anregungen für meine Reportage – oder für meine Rede. Schreiben Sie es auf. Oder machen Sie doch Fotos.

Fotos von Burgers Leistungen. Und von seinen Erfolgen. An jeder Straßenecke. Im Kleinen wie im Großen. Unzählige Baukräne deuteten bereits weitere Vorhaben Burgers an, Vorhaben, die die Stadt noch einmal in völlig neue Sphären erheben würden. Sie wollte mir zumindest die neu errichtete Radsporthalle zeigen. Das könnte Sie vielleicht interessieren. Warum auch immer. Das Autoradio vermeldete unterdessen weitere Details zu den landesweiten Grenzsicherungsmaßnahmen. Frau Dr. Ulmer beruhigte mich. Alles nicht so heiß gegessen wie gekocht. Sie erklärte, dass man diese Pläne nicht auf die Goldwaage legen dürfe. Mein Aufenthalt hier sei davon kaum betroffen. Ich sei hier mehr oder weniger sicher. Sogar als Nicht-mehr-EU-Bürger. Nicht zuletzt dank meiner Stelle …

Wir fuhren auf der neu angelegten Platanenallee, die als kilometerlange Prachtstraße die Stadt mit den Außenbezirken verbindet.

Dank meiner Stelle. Auch wenn diese Stelle kaum mehr als eine belanglose Hilfsstelle war. Doch immerhin, eine Stelle, so Frau Dr. Ulmer. Wir fuhren an dem neugebauten Campingplatz vorbei, dessen Stellplätze offenbar mit Rasenheizungen unterlegt waren, eigens für Gäste aus dem Süden. Im Hintergrund sah man bereits die Radsporthalle, auf deren Dach sich ein gewaltiges Rennrad aus Stahl erhob, welches sich wie ein Mercedesstern immerzu drehte. Frau Dr. Ulmer schaltete das Radio aus und wir parkten. Durch einen Nebeneingang gingen wir hinein. Na? Was ich dazu sagen würde? So schaute sie mich nun an. Ich sah eine endlose Aneinanderreihung von Fahrradergometern. Auch einige Rudermaschinen und Stepper waren dabei. Nur spärlich durch etwa zwei Dutzend Fahrende, Treppensteigende oder Rudernde besetzt. Sie absolvierten tiefgebeugt irgendeine vorgegebene Strecke und erzeugten dabei Strom. Ich las das Wort *Stromhelden*. Einige verstreut stehende Zuschauer feuerten an, munterten auf: *Weiter! Weiter!* Vereinzelte Dudelsacktöne waren zu hören. Selbst hier. Einige der Besucher zogen ihre Smartphones hervor und begannen zu lesen. Wieder irgendeine Dreistigkeit oder Ungeheuerlichkeit, die Burger in einem Posting vermeldet hatte. Warum auch immer er sich dazu berufen fühlte, ständig etwas zu vermelden. Und warum auch immer Menschen sich dazu berufen fühlten, es immer wieder zu lesen. Lesen und vermelden. Vermelden und lesen. Die Zuschauer in der Halle nahmen es beiläufig zur Kenntnis. So wie man in England die ewig gleichen Wetterberichte zur Kenntnis nimmt, teils mürrisch resigniert, teils mit einem Ausdruck von wachsender Gereiztheit. *Habt ihr schon gehört?!* Sie meldeten es weiter an die Fahrenden, Rudernden oder Treppensteigenden.

Weiter! Weiter!

Wattzahlen, die auf einem gewaltigen Display über dem Eingang angezeigt wurden, genug für einige Einfamilienhäuser oder für die Akkuladungen vorbeifahrender Autos. Ein ungeheurer Gestank, eine Mischung aus Schweiß und Desinfektionsmitteln. Sowie eine Aura von Galeere, die man durch Musik zu überspielen versuchte. Oder durch aufpeitschende Burger-Postings. Und noch ein Ärgernis. Und noch eines. Hunde, Schwarzfahrer, Kleptomanen, Kettenraucher. Und so vieles mehr. Im Rhythmus der Pedalumdrehungen. Die Displays auf den Ergometern zeigten Rundenzeiten und Steigungsgrade an. Wahlweise auch Statistiken: *Wusstet ihr schon …*

Dass Busse …

Dass Bäume …

Dass Boomer …

Dass Raucher …

Dass Rentner …
Dass Arbeitslose …
Dass Elefanten …
Dass XX …
Dass XY …
Dass X, Y, Z …
Die Fahrer nickten.
Und nickten.
Irgendwo sah ich auch Herrn Schmidt.
Er pedalierte mit aufgerissenem Mund.
Und weit geöffneten Augen.
Er nickte mir zu.
Als würde er ersticken.
Oder als wollte er mich mit letzter Kraft rufen.
Kommen Sie doch!
220 Watt.
230 Watt.
240 Watt.
Und ein Einfamilienhaus.
Und noch eines.
Das er versorgte.
Mit all seiner Hingabe.
Und Kraft.
250 Watt.
260 Watt.
ICH. WILL. DIENEN.
Stand auf seinem Radtrikot.
In großen Lettern.
ICH. WILL. DIENEN.

Die Buchstaben waren klatschnass.

Ich stand jetzt direkt neben ihm. Auf seinem Display war eine monströse Steigung zu erkennen, die Herr Schmidt – in einer Art Wiegetritt – in zeitlupenhaften Bewegungen Meter für Meter zu erklimmen versuchte, letzte Stoßlaute von sich gebend, als ob er mir unbedingt noch etwas mitteilen wollte: phantastische Nachrichten …

Nachrichten?

Firma …

Firma?

Meine Firma …

Ihre Firma?

Ist …

Ist?

Aus …

Aus?

Statter …

Statter?

Burger-aus-statter …

Burgerausstatter?

Offizieller Burger-aus-statter … Seit gestern … Neues Papier … Brief-papier … Neue Karten … Visitenkarten … Neue Fenster … Schau-fenster … Neu … Alles neu …

Er war kaum mehr zu verstehen.

270 Watt.

280 Watt.

Übri-gens …

Ja?

Burger und ich …

Ja?

Sind du …

Du?

Per Du … Seit gestern … Burger-aus-statter … und du … Burger und ich …

290 Watt.

300 Watt.

Per Du.

Seit gestern …

Das Display leuchtete rot.

Man hörte Warntöne.

Bitte absteigen!

Bitte absteigen!

Er drohte vom Ergometer zu kippen. Doch er fuhr weiter. Und ich spürte trotz aller Qualen seine Freude. Jede Rampe, jede Serpentine schien eine Feier.

Dass ausgesuchte Geschäftsleute diesen Titel in der Tat verwenden dürften, so Frau Dr. Ulmer. *Burgerausrüster* oder *Burgerausstatter.* Bäckereien (Burgerbrezeln), Möbelgeschäfte (Burgerstühle), Münzgeschäfte (Burgertaler) oder Fahrradgeschäfte (Burgerräder), die das von sich behaupten konnten: dass Burger dort entweder bereits eingekauft hatte oder es zumindest in Erwägung ziehen könnte.

In Erwägung ziehen könnte.

Wir verließen die Halle. Ich winkte Herrn Schmidt noch einmal zu. Mit letzter Kraft hob er einen einzelnen

Finger. Wie zum Abschied. Als würde er im nächsten Moment vom Ergometer kippen und sterben.

Wir fuhren weiter Richtung Seilbahn. Die neue Bürgerbahn. Sie war kurz nach der Fahrradbrücke von Burger und dem Bundespräsidenten der Bundesrepublik Deutschland in einem Festakt eröffnet worden. Ein Feuerwerk bis spät in die Nacht. Tauben waren in den Himmel geflogen und Heißluftballons hell erleuchtet über das Tal geschwebt. Falls die Fahrradbrücke noch nicht restlos überzeugt habe, so Frau Dr. Ulmer, *seine* Seilbahn könne es. Seine Seilbahn. Alles, was er bauen ließ, schien früher oder später seines. Sie nahm an den nördlichen Höhen der einen Talseite ihren Anfang und endete auf der anderen Talseite. Frau Dr. Ulmer erläuterte mir die Besonderheit der Streckenführung. Die Bahn folgte einem von Burger exakt berechneten Meridian, einer elliptischen Linie, die vom Nord- bis zum Südpol reichte. Kein Millimeter Abweichung. Burger habe eine Schwäche für Geometrie. Seine Bauwerke seien immer auch Teil eines weltumspannenden Ganzen, weit über das Hier und Jetzt eines Ortes hinausreichend. In jedem Fall aber sei die Bahn eine Form von Urlaub, jeden Tag aufs Neue, im Winter wie im Sommer, über die Tiefen der Stadt hinwegschwebend, statt sich mit Autos durch die Enge des Tales hindurchzuquälen. Frau Dr. Ulmer blickte in die Ferne, Richtung Süden. Wir schaukelten im Wind. Ein Helikopter flog über uns hinweg und landete auf dem Dach der Klinik.

Wir verließen die Gondel und standen hoch über der

Stadt. Frau Dr. Ulmer machte Fotos und skizzierte dabei einige der von Burger angedachten Zukunftsprojekte: sei es nun ein Staudamm in der näheren Umgebung oder eine Startrampe für kleinere Weltraumraketen …

Weltraumraketen?

Vor den Toren der Stadt. Für Wetterbeobachtungssatelliten. Angetrieben von einer neuen Art von Treibstoff. Aus Bienenwachs. Es handle sich erst einmal nur um Gedanken- und Planspiele.

Fernsehauftritte.

Deutsche Raumfahrt.

Bienenwachs.

Visionen.

Machbarkeitsstudien.

Startende Raketen über der Stadt.

Bürgerbefragungen.

Einwände.

Gegeneinwände.

Burger in einem Raumanzug.

Und wieder Bürgerbefragungen.

Gefolgt von Burgerantworten.

Nichts Ernstes müsse daraus folgen. Burgers Überlegungen seien vielmehr eine Form fortlaufender Bewegung, ein Vorpreschen immer weitergehender Gedanken, Visionen und Aktivitäten.

Ihr Telefon klingelte. Geschäftsleute erkundigten sich nach dem Stand ihrer Anträge zu dem Titel *Burgerausstatter.* Offenbar existierten viel zu lange Wartelisten, die sich leider nicht verkürzen ließen. Leider nicht zu verkürzen, so Frau Dr. Ulmer. Gefolgt von einer Anfrage, ob Burger vielleicht für einen Werbespot für Fahrradhelme zur Verfügung stehe? Frau Dr. Ulmer verneinte, durchaus vehement, drückte immer weitere Tasten ihres Smartphones, um den Strom der Anrufer wenigstens zeitweise zu bremsen. Doch ihr Telefon klingelte weiter: Anruf von einer ungarischen Universität, die Burger eine Ehrendoktorwürde verleihen wollte. Burger schien nicht wirklich interessiert zu sein, trotz einer lauten, fast schon beschwörenden Stimme. Nicht interessiert?! Die Stimme klang fassungslos. Nicht interessiert!? Ein derartiger Titel sei so gut wie wertlos, so Frau Dr. Ulmer. Jedenfalls für Thorwald Burger. Ein einziger Auftritt in einer Talkshow sei ungleich wertvoller als jeder Doktortitel.

Gefolgt von einer Reihe von Anrufen von Fernsehsendern: Ob Burger möglicherweise für ein Interview oder besser noch für einen Fernsehauftritt zur Verfügung stehe? Die Anfragen klangen teils flehentlich, Einladungen zu den unterschiedlichsten Themen: die Radsporthalle, Burgers Weltraumpläne und andere noch völlig unbekannte Pläne …

So gut wie keine Zeit, so Frau Dr. Ulmer, überhaupt keine Zeit. Allenfalls, und sie öffnete einen Terminkalender, allenfalls an einem Mittwoch. Also gut, so der Sender, dann eben an einem Mittwoch …

Während wir wieder in die Stadt fuhren, fragte ich sie, was ich mich (und andere) schon all die Wochen über immer hatte fragen wollen, eine vielleicht sonderbare, wenn nicht gar blasphemische Frage, doch ich fragte sie: Warum er überhaupt noch hier sei?

Wer?

Burger. Warum er angesichts seiner Berühmtheit und seiner Leistungen immer noch *Bürgermeister* in dieser Stadt sei? Er könnte doch schon längst an ganz anderen Orten oder in viel höheren Positionen tätig sein – im Lichte seiner herausragenden Fähigkeiten. Warum sei er dann überhaupt noch hier?

Sie antwortete in immer neuen Anläufen: Weil er mit der Stadt noch nicht fertig sei. Er habe noch nicht einmal wirklich angefangen. Weil er sich mit der Stadt verbunden fühle. Und die Stadt sich mit ihm. Weil es hier noch einiges zu tun gebe und er noch sehr viel bewirken könne. Weil er zum Beispiel daran denke, wenigstens einen Teil der Stadt zu einem Weltkulturerbe der UNESCO erklären zu lassen, und kein anderer Bürgermeister weit und breit dazu in der Lage wäre. Weil ein solches Amt mit umfassenden Gestaltungsmöglichkeiten und Kompetenzen einhergehe. Weil ihm hier niemand in irgendetwas hineinrede. Niemand wage es, sein vielschichtiges Denken, Tun und Wirken ernsthaft zu stören. Weil er über polizeiliche Vollzugsgewalten verfüge. Und über andere Gewalten. Weil er als Bürgermeister sogar Arreststrafen verhängen könne. Welcher Politiker könne oder dürfe so etwas? Weil er in einer Burg residiere. Weil sein Büro in einem Erkerzimmer liege. Weil er von dort einen spektakulären Blick genieße. Weil die Bewohner der Stadt weiterhin beruhigt schlafen wollten. Und selbst, wenn sie einmal nicht schlafen könnten, dann dabei wenigstens an einen Menschen wie ihn denken wollten. Weil es für die Stadt eine Katastrophe wäre, würde er einfach gehen. Alle würden dann in ein Loch fallen. In ein tiefes, schwarzes Loch. In der reinsten Bedeutungslosigkeit versinken …

Dass aber genau diese Gefahr natürlich bestehe. Dass Burger jeden Moment auch gehen könnte. In jeder beliebigen Stadt könnte er Bürgermeister werden. Aus dem Stegreif. Ein oder zwei Reden, und er wäre Bürgermeister. Dass er aber genauso gut auch ganz woanders hingehen könnte, zum Beispiel, man spreche es ruhig einmal aus, nach Berlin.

Nach Berlin?

Und das schon nach der kommenden Bundestagswahl. Sie sprach nun ganz offen: eine gewisse Langeweile und Leere, die Thorwald Burger gelegentlich befalle, allein schon deshalb, weil ein Amt wie das eines Bürgermeisters ihn eigentlich in jeder Hinsicht unterfordere. Trotz aller Seilbahnen, Staudämme oder Weltraumpläne. Seine Fähigkeiten strebten weit über das hinaus. Jederzeit könnte er also Karlsberg verlassen und zu gänzlich neuen Ufern aufbrechen. Weshalb man ihn – mit einer gewissen Besorgnis – immer wieder dazu dränge, doch hier zu bleiben, hier in Karlsberg, und das in aller Konsequenz. Man könne sich sogar vorstellen, ihm ein zusätzliches Gehalt zu bezahlen, ein Bleibegehalt, was Burger selbstverständlich ablehne. Oder einen gänzlich neuen Rahmen für ihn zu erschaffen, einen nur auf ihn zugeschnittenen Regierungs- und Politikrahmen, etwa derart, alle Bindungen und Bezüge Karlsbergs zum Umland nach und nach zu kappen und eine Form von Unabhängigkeit zu erklären, die Stadt in eine Reichs- oder Hansestadt umzuwandeln. Oder gar einen eigenständigen Staat zu gründen, einen Staat der kurzen Wege und der schnellstmöglichen Entscheidungen, mit weniger Bürokratie und eigener Währung und mit Burger als Staatspräsidenten oder Staatsoberhaupt, ein neuer, ein moderner Andreas Hofer … Wobei Burger selbst sich gegen derlei Pläne stets gesträubt habe und seine Bestimmung zunehmend außerhalb Karlsbergs sehe, zumal nach der nächsten Bundestagswahl, die ja nicht irgendeine Wahl sei, sondern eine alles entscheidende Schicksalswahl.

Eine Schicksalswahl.

Erdrutschartige Siege der unheilvollsten Parteien, die es mit letzter Kraft noch zu verhindern gelte, und wer könnte es besser verhindern als ein Mann wie Burger? Oder, wenn schon nicht verhindern, dann wenigstens einhegen oder irgendwie zu etwas Besserem und Größerem nutzen. Dass nach einer solchen Wahl möglicherweise kein gewöhnliches Kabinett mehr gebildet werde, sondern ein Expertenrat oder ein Expertenkabinett. Ein nationaler Großrat. Oder Notstandsrat. Also nur noch die Besten. Keine Denkverbote mehr. Kein Mittelmaß, sondern nur noch Höchstmaß. Dass nach dieser Wahl einiges anders wäre, dass dann wieder so etwas wie Bewegung in dieses Land kommen würde. Bewegung. Dass Burger für einige Ressorts infrage kommen könnte. Seine Beliebtheitswerte seien schon jetzt höher als die der meisten Bundesminister. Und das aus dem Stand. Dass Burger das alles aus eigener Kraft erreicht habe, ohne ein herausragendes Amt oder eine Partei. Kraft seiner selbst. Kraft seiner Worte. Kraft seiner Taten.

Dass das Land auf einen Politiker wie ihn geradezu warte. Händeringend. Als ein Beispiel durchgreifender Reformen. Als einen Mann, der das Bisherige zur Seite räume wie morsches Holz, der die wachsende Wut der Menschen kenne und sie bändigen könne, indem er diese Wut aufnehme und kanalisiere und damit das Schlimmste verhindere.

Das Schlimmste verhindere.

Jede Kabinettssitzung wäre dann ein Paukenschlag. Jede Bundespressekonferenz ein Geniestreich. Jede öffentliche Erklärung wäre eine Erklärung von größter Reinheit und Klarheit. Wer, wenn nicht er. Dass er seine Erfahrungen mit seiner Stadt bald auf das ganze Land übertragen könnte. Nicht zuletzt auch seine Kühnheit und Beliebtheit. Dass Menschen dann den Glauben wiedergewinnen könnten, den Glauben an das Große und Ganze, den Glauben an sich selbst und den Glauben an ein anderes Land. Dass …

Sie war nicht mehr zu bremsen.

Sie reichte mir ein Buch: Lesen Sie seinen Rom-Essay. Wenigstens das. Darin sei alles Wesentliche enthalten. Seine Sicht der Dinge. Ein Essay über den Untergang Roms. Lesen Sie ihn. Lesen Sie zumindest das Kapitel *Flut und Vertreibung*.

Sie sah mich an, als würde sie aus einer Trance erwachen, und lächelte. Zum ersten Mal nahm sie mich für längere Zeit in den Blick – realisierte wohl, wie abgerissen und heruntergekommen mein Äußeres auf sie wirkte und auf andere wirken musste. Sie telefonierte. Später reichte sie mir einen Gutschein für ein Kleidergeschäft, mit der Bitte, mich für den bevorstehenden Empfang passend einzukleiden.

Geld spielte anscheinend keine Rolle.

Sie fragte noch, für welche englische Zeitungen ich eigentlich schreibe. Als ich unter anderem den *Guardian* nannte (eine dreiste Übertreibung), verspürte ich für einen kurzen Augenblick so etwas wie Ehrerbietung. *Guardian*. Vielleicht sah sie Burger in großen Lettern bereits dort, in dieser Zeitung. Oder sie sah ihn auf einer ausgedehnten Vortragsreise durch das Vereinigte Königreich. Doch als sie mir dann ihre Hand zum Abschied reichte, sagte sie plötzlich: Sie wolle ganz ehrlich zu mir sein. Für England und die Engländer habe Burger nicht viel übrig. Sie seien ihm zu hochnäsig und zu arrogant. Dazu noch völlig desolat, heruntergewirtschaftet und verquer. Das Gegenteil einer Stadt wie Karlsberg. Für ihn sei die englische Sprache allenfalls ein notwendiges Übel.

Ein notwendiges Übel.

Ich ging durch die Stadt.

Ein Mann, der die wachsende Wut der Menschen kenne und sie bändigen könne … Gerne hätte ich gefragt: die Wut bändigen oder sie erst wecken? *Indem er diese Wut aufneh-*

me und kanalisiere – oder sie nicht eher befeuere? *Indem er das Schlimmste verhindere* – oder selbst herbeiführe?

In einem Bekleidungsgeschäft (*offizieller Burger-Herrenausstatter*) kaufte ich einen buntgestreiften Anzug, den ich noch im Geschäft anzog. Als ich damit ins Kinderhaus kam, war Corinna entsetzt. Wie ein Pfau oder Geck würde ich aussehen. Oder wie Burgers künftiger Hofnarr. Die Kinder hüpften und lachten.

* * *

Der Empfang fand auf dem Areal der Burg statt – deren hinterer Teil eigentlich ein weiträumiges Schloss ist –, in welchem die Schroffheit der äußeren Burg sich allmählich wandelt in ein Bild der Gartenanlagen und kiesbestreuten Innenhöfe. Durchaus einladend. Ich sah Bänke, beeindruckend hochgewachsene Zitronen- und Oleanderbäume sowie ein überdimensioniertes Freilandschachbrett, auf dem Burger, wie ich später erfuhr, gelegentlich Schach spielte. Und sei es nur gegen sich selbst. Nach dem langen Aufstieg war ich noch außer Atem und verschwitzt, setzte mich an einen Springbrunnen und atmete durch, bemerkte hinter all den mediterranen Pflanzen das helle Licht römischer Feldherren und Kaiser, die in überlebensgroßen Statuen aus Marmor um den Brunnen herum platziert waren – unter ihnen auch eine gewaltige Caesar-Büste. Also doch. Corinna hatte mir davon berichtet, ja, sie hatte mich davor gewarnt, doch hatte ich es kaum glauben können: die Sammlung römischer Gottheiten, Feldherren und Kaiser, von Burger und Altphilologen der Universität zusammengestellt. Ich traute meinen Augen nicht. Wie passt das zusammen? Einerseits schottischer Hochlandrebell, dann wieder Burgherr oder römischer Kaiser. In einem Atemzug. Eine Vielgestaltigkeit an Zitaten und Bedeutungen in immer neuen Kombinationen und Emanationen. Bis hin zu seinen Weltraumplänen. Nur einem Mann wie Burger scheint das möglich. Historiker würden dazu sagen: Synkretismus. Oder kombinatorische Phantasie. Und für einen Moment war mir so, als würde ich ihn inmitten all dieser Statuen tatsächlich sehen. Auf- und abgehend. *Veni, vidi, vici.* In rasenden Gedanken, ganz und gar in die römische Geschichte versunken: was Rom alles unterlassen hatte oder was Rom hätte tun können. Wie man den Limes hätte ausbauen können. Wie man Rom hätte stärken können. Welche Maßnahmen man hätte ergreifen können. Erstens, zweitens, drittens …

Eine Weile blätterte ich sogar in seinem Rom-Essay, den mir Frau Dr. Ulmer übergeben hatte und den ich wenigstens in Auszügen einmal lesen wollte. Also las ich nun einige Passagen, nachdem man mir diesen Essay immer wieder von allen Seiten anempfohlen hatte. Lesen, lesen und nochmals lesen!

Irgendwann stand ich auf und verließ den Innenhof, gelangte durch gusseiserne Tore in das Innere des Schlosses, Burgers Amtssitz und Sitz der ihm zugeordneten Stadtverwaltung, folgte einer akribischen Anordnung von Schildern, durchlief endlose mit Hirschgeweihen verzierte Gänge, hinter deren Türen sich offenbar Büroräume befanden, Stabsstellen und Referentenbüros, durchquerte mehrere Säle, an deren Wänden Ölgemälde hingen, Gemälde von Grafen und Fürsten, auch eine Reihe aller bisherigen Bürger- und Oberbürgermeister. Es roch nach Bohnerwachs.

Frau Dr. Ulmer erwartete mich bereits am Ende eines langgezogenen Ganges. Sie zeigte sich über meinen Anzug hocherfreut. Auch über meine violette Krawatte. Die Krawatte schien ihr aus der Seele zu sprechen. Zumindest aus der Seele des bevorstehenden Empfangs. Sehr schön. Wunderbar. Noch mehr freute sie sich aber über Burgers Rom-Essay, den ich ihr – wie eine Eintrittskarte – vorzeigte. Als wäre die Lektüre dieses Buches ein Meilenstein, ein Durchbruch. Sehr gut! Weiter so! Das Eis schien gebrochen.

Sie sehen ihm sogar ein wenig ähnlich.

Wem?

Ihm. Burger.

Burger?!

Jawohl, Burger. Hat Ihnen das noch niemand gesagt?

Ich wies das von mir, doch sie meinte es tatsächlich ernst. Und vielleicht hatte sie mit ihrer Einschätzung sogar recht. Es ließ sich ja kaum bestreiten, dass einige Menschen in Karlsberg wiederholt eine gewisse Ähnlichkeit zwischen mir und ihm festgestellt hatten, aus welchen Gründen auch immer; und auch meine Freunde in England hätten womöglich irgendwann einmal gesagt: Ja, du wirst ihm immer ähnlicher.

Wir alle werden ihm immer ähnlicher.

Die Delegation saß bereits in dem daneben liegenden Saal. Ein ausgestopfter Eber stand in einer Vitrine. Die Gäste kamen überwiegend aus Spanien und Frankreich und konnten kein Deutsch. Daher war eine Rede in englischer Sprache wohl unumgänglich. Frau Dr. Ulmer lächelte. Man reichte den Gästen Wein und Butterbrezeln, während ich noch für eine Weile aus dem Fenster schaute. Von hier oben wirkte die Stadt klein, geduckt, in ein tiefes Tal gepfercht. Ich öffnete ein Fenster und entdeckte weit unten in einer Seitengasse ein rauchendes Liebespaar. Ich winkte. Die beiden eilten davon.

Irgendwann gingen wir hinein. Der Saal verstummte. In Trippelschritten trat Frau Dr. Ulmer an ein Mikrofon und begann zu sprechen. Ihr Englisch klang schauderhaft, trotz Doktortitel, trotz ihrer Berlinpläne, trotz ihrer philosophischen Gedanken und Ausführungen zu Burger – es war schauderhaft: ein wild gestikulierendes, nahezu unverständliches Krächzen. Statt ein solches Englisch offen einzuräumen, versuchte sie es zu überspielen, indem sie in ihrer völligen Unfähigkeit auch noch überschwänglich wurde, dabei in einen jovialen Singsang verfiel. Und dies noch, und das noch, und jenes noch. Als wollte sie in immer neuen Anläufen Wiedergutmachung leisten für ein derart katastrophales Englisch. Niemand hätte sich dafür verbürgen können, dass das überhaupt Englisch war, was sie da sprach. Womöglich nicht einmal sie selbst. Nur hin und wieder (wie ein Aufatmen) der Name Thorwald Burger, den man inmitten dieser phonetischen Irrfahrt gelegentlich vernehmen konnte. Thorwald Burger. Er sei leider verhindert … Er lasse grüßen …

Derartiges versuchte sie wohl zu sagen.

Applaus.

Offenbar war ihre Einleitung nun zu Ende.

Immer noch Applaus.

Frau Dr. Ulmer blickte mich jetzt bittend an.

Ich trat ans Mikrofon und begann zu sprechen. Im Vergleich zum Bisherigen empfand ich meine Stimme als Wohltat. Die im Saale Anwesenden empfanden es womöglich ebenfalls so. Zumindest wirkten ihre Gesichter wohlwollend, wenn nicht gar angetan, obgleich der Inhalt meiner Worte mehr als dürftig war: *pleasure to be here … honour to speak to you …* In dieser Art. Plattitüden. Doch die Gäste saßen gebannt. Ich muss gestehen: so gebannt, wie mich in meinem Leben bislang noch nie irgendjemand angeschaut hatte. Weit mehr als nur gebannt. Sie blickten andächtig, feierlich, ergriffen, mit gefalteten Händen. Wie bei einer Taufzeremonie oder Hochzeit. Erst im Verlauf der Rede reifte in mir der Gedanke, die mir Zuhörenden könnten womöglich glauben, ich sei Burger.

Wie bitte?

Ich sei Burger.

Eine bildschöne Frau in der ersten Reihe schaute mich genau so an. Als wäre ich Burger. Sie blickte mit glänzenden Augen. Warum sollte sie derart atemlos blicken, mich in Gedanken geradezu an sich drücken, wenn sie nicht glauben würde, ich sei Burger? Natürlich glaubte sie es. In jeder Hinsicht. Und die anderen glaubten es mit ihr. Burger. Er sei gar nicht verhindert, er habe gar nicht grüßen lassen, sondern er sei im allerletzten Moment persönlich noch gekommen und spreche nun zu ihnen. Sie alle hatten wahrscheinlich kein Wort von Frau Dr. Ulmers Einleitung verstanden, außer die Worte Burger. Es spricht jetzt Thorwald Burger.

Eine nie gekannte Ehrfurcht, die mir nun schon seit Minuten entgegenblickte, nicht nur, weil sie glaubten, Burger spreche zu ihnen, sondern weil er es offenbar in einem perfekten Englisch tat, was niemand von ihm erwartet hätte.

Ich sah Frau Dr. Ulmer ratlos an. Was tun? Das Missverständnis schnellstmöglich aufklären, den Anwesenden mitteilen: *By the way, I am not Burger.*

Not Burger?

No, unfortunately, not. I am somebody else.

Falls man mir das überhaupt noch glauben würde.

Oder mein Englisch unmerklich herunterschrauben, ihm nach und nach einen deutschen Klang verleihen, um Burger in einem realistischeren Bild erscheinen zu lassen. Ich sprach weiter. Den Satz einer englischen Freundin noch im Ohr: *You sound so posh … Like King Charles …* Wie König Charles.

Nur dass ich nie so ausgesehen habe wie König Charles. Und auch nicht wirklich aussehe wie Thorwald Burger. Ein solcher Vergleich ist völlig irrwitzig. Doch das schien dem Publikum egal.

Die Frau in der ersten Reihe schaute mich immer noch andächtig an. Sie filmte mich sogar. Neben ihr leuchteten weitere Smartphones, die mich allesamt filmten. Ich bekam jetzt nicht nur einen Eindruck von Burgers Strahlkraft im Allgemeinen, sondern von seiner Strahlkraft gegenüber den Frauen im Besonderen. Unzählige verliebte Frauen. Stapelweise Liebesbriefe. Der bloße Name eine schlagartige Bereitschaft zur Anbetung. Oder zumindest zu einer Beschäftigung mit ihm. Was immer er auch sagt, selbst wenn es hartherzig, verwegen oder geradezu ungeheuerlich ist, so scheint dies kein Einwand gegen ihn, als vielmehr ein gesteigerter Grund für eine ständige Beschäftigung. Frauen über Frauen, die ihn studieren, begreifen, bekehren oder ihn einfach nur bewahren oder retten wollen – und sei es nur vor sich selbst.

Sogar meine Frau in England, der ich ein Foto von ihm geschickt hatte, sie schien angetan.

Is this the man you are writing about?

Yes, indeed.

Und sie hatte hinzugefügt: *He seems a bit of alright.*

A bit of alright.

In diesem Geiste blickten sie mich nun an, Liebesbriefe verfassend, während ich weitersprach und anfing zu begreifen, wer Burger überhaupt war.

Eigentlich hätte ich über Seilbahnen, Staudämme oder Mondraketen sprechen sollen. Oder über mich als ein Beispiel gelungener Integration. Ein Irrsinn, wenn das Publikum mich für einen Oberbürgermeister hält.

Also sprach ich über anderes. Zum Beispiel über die Fahrradbrücke. Ich deutete aus dem Fenster. Selbst von hier aus war sie deutlich zu sehen. Sie sah aus wie ein verwegenes Hochseil. Die Fahrradbrücke. Oder Panikbrücke. *Let me make some remarks about Panic Bridge*. Aus dem Publikum hörte ich ein gewisses Erstaunen.

Panic Bridge.

Ihre Höhe.

Ihre Schmalheit.

Ihre Knarrgeräusche.

Ihre Fall- und Seitenwinde.

Ihre Kosten.

Ihre Schatten.

Ihr Schwanken.

Minutenlang sprach ich über ihre schwindelerregende Höhe, und irgendwann nicht mehr nur über ihre Höhe, sondern auch über die Höhe der ihr gegenüber liegenden Seilbahn, die ebenfalls nichts anderes als eine schwindelerregende Höhe darstelle, von ihrem Anfang auf der einen Talseite bis zu ihrem Ende auf der anderen Talseite, eine schiere, selbstgenügsame, unglaubliche Höhe – ohne dabei Höhe zu gewinnen oder Höhe zu verlieren. Was dann ihr Zweck sei: eine Seilbahn, die Höhenmeter vermeide, aber keine Höhenmeter gewinne? Wenn man, um mit ihr überhaupt fahren zu können, erst einmal beschwerliche Wege nach oben beschreiten müsse.

Von oben nach oben.

Bauwerke für das Hoch Oben.

Doch dies nur nebenbei.

Im Publikum sah ich fragende Blicke – man könnte auch sagen: ungläubige Blicke. Es eröffnete sich nun, je länger ich sprach, die Möglichkeit, etwas zu sagen, das Thorwald Burger niemals und unter keinen Umständen jemals sagen würde. Aber vielleicht denken würde.

Denken würde.

Zum Beispiel ein überlebensgroßes Burgerdenkmal, das man demnächst auf dem neu gestalteten Bahnhofsvorplatz anlegen wolle und zu dessen Errichtung man gerne – auch jetzt schon – Spendengelder entgegennehme …

Wie bitte?

Spenden.

Einige Zuhörer kramten bereits in ihren Geldbeuteln, offenbar um Geld für das Denkmal zu spenden, während Frau Dr. Ulmer mit fuchtelnden Handbewegungen auf meine letzten Sätze reagierte: Nicht, bitte tun Sie das nicht!

Auf eine grundsätzliche Art und Weise schien es mir nun geboten, Burger erst einmal recht zu geben. Denn möglicherweise war es genau das, was Burger immer wieder antrieb, jeden Tag aufs Neue, im Recht zu sein oder recht zu behalten, selbst oder gerade dann, wenn er mit irgendeiner Handlung oder Äußerung vielleicht doch irgendwann einmal unrecht gehabt haben könnte – dann umso mehr: Herr Burger, Sie haben recht. Ja, ich gebe Ihnen in allen Belangen recht. Bevor noch ein Unglück geschieht. Was immer Sie bislang auch getan oder gesagt oder gedacht haben, Sie haben damit natürlich völlig recht, von Anfang an recht. Und was immer andere über Sie gesagt haben, auch da haben Sie selbstverständlich recht, während all die anderen, die Ihnen nicht recht gegeben haben oder recht geben wollten, ganz und gar im Unrecht sind. Sie müssen also gar nichts mehr sagen oder beweisen. Sie können sich wieder beruhigen …

Beruhigen.

Friedlich sind die, die nicht mehr länger recht haben müssen. Hier gab es sogar – zu Frau Dr. Ulmers Verwunderung – einen leichten Applaus.

Einen Applaus, den ich nutzte, um von einem unscheinbaren Mädchen aus dem Kinderhaus zu sprechen, keine Humpelmann-Ruferin, sondern ein stilles und in sich gekehrtes Mädchen. Eines Morgens hatte sie zu einer Erzieherin gesagt: Aber er ist doch gar nicht so klug. Und sie hatte – auf mehrmalige Nachfrage – Burger gemeint. Aus dem Nichts hatte das Mädchen das gesagt, wie eine plötzliche Ahnung oder Eingebung. Aber er ist doch gar nicht so klug. Zwischen all den gemalten Seilbahnbildern der anderen Kinder hatte sie das gesagt. Und im ganzen Raum hatte eine verlegene, wenn nicht gar fassungslose Stille geherrscht. Aber er ist doch gar nicht so klug. Und ich hatte dem Mädchen insgeheim zugestimmt, ihm innerlich geradezu zugejubelt. Woher weiß man überhaupt, dass er so außergewöhnlich klug ist? Aus der Zeitung? Aus dem Fernsehen? Aus dem Kinderhaus?

Indem man seine angebliche Klugheit immer wieder ausspricht, beginnt man irgendwann an sie zu glauben.

Indem man sie ständig wiederholt, ermöglicht man einen Menschen wie ihn. Würde man sagen, er sei dumm, unsäglich dumm, dann würde er wie ein Kartenhaus zusammenfallen. Er wäre gar nicht mehr. Oder nur noch ein Schatten. Und das ist der entscheidende Unterschied zwischen ihm und anderen Bürgermeistern: Würde man über *andere* Bürgermeister sagen, sie seien dumm, sie könnten achselzuckend weitermachen, nicht aber Burger. Er wäre am Ende. Das ist der Unterschied, der entscheidende Unterschied.

Ist es klug, nachts Radfahrern nachzujagen? Oder Graffiti-Künstlern? Oder mit einem Megafon auf ein Klinikdach zu steigen?

Frau Dr. Ulmer blickte fassungslos.

Und selbst wenn bewiesen wäre, dass er über alle Maße klug ist, was wäre damit gewonnen? Werden die Menschen dadurch besser?

In einem Seiteneingang sah ich Herrn Leypoldt von der Zeitung stehen. Anfänglich hatte er sich noch unentwegt Notizen gemacht. Nun blickte aus seinem Gesicht eine ungläubige Leere.

All die Wochen hatte ich mich gefragt, wie man einen Mann wie Burger wohl am besten widerlegen könnte. Man kann ihn nicht widerlegen. Er ist unwiderlegbar. Er lebt in seiner eigenen, von ihm selbst geschaffenen Welt. Er kann sich nur selbst widerlegen. In kaum zu glaubenden Worten. Ich sprach nun Deutsch, nicht mehr Englisch, sondern Deutsch …

Nicht alle Menschen sind Bürger.

Nicht alle Menschen sind Meister.

Wir brauchen keine Hofnarren.

Oder Caesar-Büsten.

Wir brauchen das alles nicht.

Frau Dr. Ulmer war schon gar nicht mehr zu sehen. Ihr Stuhl war leer.

Wir brauchen auch keine Dämme.

Wir brauchen keine Kanäle.

Oder Stromhelden.

Oder sonstigen Helden.

Wir brauchen auch keine Schuldigen.

Keine Dudelsackschuldigen.

Oder Nachmittags- und Abendschuldige.

Ein Leben ohne Schuld, Angst und Hass.

Keine Wehrtürme.

Oder Turmwehren.

Oder Limesbraten.

Wir sind auch keine Römer.

Wir sind jemand anderes.

Kein Mensch ist falsch.

Kein Mensch ist richtig.

Kein Mensch auf der Welt ist zu viel.

Jeder Einzelne zählt.

Auch ohne irgendeine Zahl.

Allen Zahlen der Welt zum Trotz …

Ich brach ab und ging. Außenstehende hätten glauben können, man riefe mich zu einem dringlichen Telefonat. Eigentlich war es ein Davonrennen, durch eine Seitentür des Saales hinausdrängend, eher hinausbrechend als nur drängend, einige Treppen hinabeilend, durch Innen- und Außenhöfe hindurch, die weiträumige Burganlage so schnell wie möglich verlassend. Für einen Moment war es mir, als würde ich Frau Dr. Ulmer noch einmal aus dem Augenwinkel mir hinterherlaufen sehen. Sie schien mir mit immer schneller werdenden Schritten zu folgen …

Sind Sie wahnsinnig geworden?

Haben Sie den Verstand verloren?

Ist Ihnen klar, was Sie da gesagt haben?

* * *

Ich schaffte es, in einer unscheinbaren Seitengasse zu verschwinden. Hinter einer Mauer hörte ich noch ihre energischen, dann aber doch allmählich verhallenden Schritte. Ab dann keine Anzeichen einer Verfolgung mehr. Nur noch Treppenstufen, nach links, nach rechts, durch grottenartige Torbögen hindurch Richtung Fluss. Die hier Wohnenden, Handwerker, Winzer und Gewerbetreibende, gehörten zu den glühendsten Burgeranhängern. Ich bewegte mich unauffällig. Als wäre meine Rede bereits stadtbekannt, Teil eines längst etablierten und nicht mehr rückgängig zu machenden Wahnsinns. Eine Weile versteckte ich mich in einem Geräteschuppen, und sei es nur deshalb, um dort zu rauchen. Ich rauchte gleich mehrere Zigaretten hintereinander. Im Schuppen roch es nach Mostfässern und Motorsägen. Hinter einzelnen Fenstern der benachbarten Häuser sah ich blaue Fernsehlichter, während ich die ausgedrückten Zigarettenstummel in einem Blechnapf lagerte. Irgendwann ging ich weiter. Es war eher ein behutsam vorantastendes Schleichen. Langsam wurde es dunkel.

Wer bereits über meine Rede informiert worden war? Welche Maßnahmen man nun ergreifen würde? Ob Burger noch auswärts unterwegs sein könnte oder wieder in der Stadt war? Und schon über alles in Kenntnis gesetzt. Von Frau Dr. Ulmer händeringend im Rathaus erwartet. Vielleicht kursierten – zumindest Teile der Rede – bereits im Netz. Geradezu virale Sätze. Ich dachte an all die Handykameras, die das gefilmt hatten. Wort für Wort.

Wir brauchen keine Dämme.

Wir brauchen keine Kanäle.

Menschen sind mehr als nur Wasser.

Was Burger wohl zu diesen Sätzen sagen würde? Er würde sie mit Nachdruck von sich weisen. Er habe nie so etwas behauptet. Und selbst wenn er es doch irgendwie behauptet haben sollte, würde er all das mit einem Zahlenfeuerwerk in ein völlig anderes Licht rücken.

In ein völlig anderes Licht.

Fast jeder entfernte Passant auf der Straße hätte Burger sein können. Das war seine Besonderheit: Er war überall und nirgendwo, im Fernsehen und im nächsten Moment wieder auf irgendeinem Gehweg, wie ein völlig normaler Mensch, aus jedem beliebigen Torbogen hervorkommend oder aus dem Lichtschein einer Straßenlaterne tretend, um dann wieder weit weg zu sein, in einer Art Weltall oder im Zentrum atemberaubender Fernsehauftritte.

Fernsehauftritte.

An diese Vorstellung hielt ich mich.

Meter für Meter.

Er ist im Fernsehen.

Wo sonst sollte er sein?

In irgendeiner Talkshow.

Jetzt erinnerte ich mich.

Die Türme der Burg waren heute nicht beflaggt.

Nicht beflaggt.

Er war also gar nicht hier.

Wo immer er auch war.

Auswärts unterwegs.

In einer Talkshow.

Oder sonst irgendwo.

Ich bog in eine andere Gasse.

Straßenlaternen meidend.

Und Torbögen.

All die Sätze der vergangenen Wochen klangen mir noch im Ohr: Was er alles tue. Was er leiste. Wie sehr er die Stadt voranbringe. Seine Mühen, seine Visionen, seine Seilbahnen … Und ich halte ohne Not eine solche Rede. Was denkt er sich überhaupt?

Was dachte ich mir überhaupt?

Ich dachte an meine Frau in England.

Aus einer Kneipe hörte ich auf Tische schlagende Fäuste. Skat spielend. Oder womöglich schon im Gespräch über meine Rede. Wenn eine solche Rede sich wie ein Lauf- oder Viralfeuer herumspricht: Engländer, Wahnsinniger, Wirrredender, Flüchtender … Vielleicht schon befeuert von dem abendlichen Dudelsackton. Heute früher als sonst. Jedenfalls glaubte ich, so etwas Ähnliches wie einen Dudelsack entfernt gehört zu haben. Hinter zugezogenen Gardinen und im Schall klirrender Bierkrüge. Burgerworte, Beipflichtungsworte, Habt-ihr-schon-gehört-Worte …

Hinter einer Kreuzung näherten sich immer weitere Schübe lärmender Passanten: Wir denken, wir meinen, wir finden. So klangen ihre Stimmen. Eindringlich und mit einer unüberhörbaren Entschlossenheit. Jetzt oder nie! Ich kannte derlei Stimmen aus England: Vorstadtstimmen, Nichts-mehr-zu-erwarten-Stimmen, Stimmen, die nach einem letzten Funken oder Grund suchen, bevor alle Dämme brechen …

Demgegenüber hoffte ich nach wie vor auf ein paar wenige mir entgegenkommende, mir vielleicht sogar zulächelnde Studentinnen und Studenten: gut gemacht. Gut gesprochen. Weiter so … Etwas in dieser Art. Doch sie kamen nicht.

Beim Fremdenverkehrsbüro bemerkte ich für einen kurzen Moment eine unerwartete Menschenleere, die ich nutzte, um auf die andere Flussseite zu kommen. In den Schaufenstern des Fremdenverkehrsbüros lagen Burgerdevotionalien: Bierkrüge, Burgerschriften, Burgertassen, Burgertischdecken, Burger-T-Shirts und Burgeramulette, die ich im Vorbeigehen noch sah …; da kam er mir entgegen. Aus dem Nichts. Er war wieder zurück.

Wo immer er auch gewesen war, ob nun im Fernsehen oder irgendwo im Weltall, er war wieder in der Stadt, nur noch wenige Meter von mir entfernt. Mit weit ausholenden Schritten bewegte er sich auf mich zu, mit einem prüfenden Gesichtsausdruck, der seine Stadt mit allen Sinnen einzuatmen schien. Unsere Blicke trafen sich, wie zwei entfernte Schiffe auf dem Meer. Er schaute mich an, als würde er mich erkennen oder wiedererkennen – als würde er nicht nur auf mich zulaufen, sondern mich etwas fragen wollen: Was haben Sie eigentlich gegen mich?

Wie bitte?

Was Sie gegen mich haben?

Und ich muss gestehen, ich hätte keine wirklich überzeugende Antwort auf eine solche Frage gefunden, außer in den allgemeinsten und nichtssagendsten Sätzen zu sprechen: Sie sind mir einfach …

Ja?

Zu groß. Und zu mächtig. Wenn nicht gar übermächtig. Und Sie werden ja immer noch größer und noch mächtiger. Jeden Tag ein wenig mehr. Bis nichts mehr von uns übrig ist … Geradezu unbeholfene Sätze, die sinnlos nebeneinander herlaufen oder voreinander davonlaufen. Während ich mich nach wie vor über die Eigenart seines Blickes wunderte, der gar nicht wirklich zu ihm zu passen schien, und schon gar nicht zu der Schärfe seines Ganges. Fast ein wenig wehmütig wirkte dieser Blick, der mir zu bedeuten schien: Wir hätten uns ja einmal zusammensetzen und uns unterhalten können. Uns austauschen. Einmal alle Zahlen beiseitelassen.

Über Gott und die Welt sprechen. Oder über meinen Rom-Essay. Etwa bei einem Glas Wein in meinem Erkerzimmer. Oder auf einem Ausflugsdampfer. Von Mann zu Mann. Von Angesicht zu Angesicht. Oder wenigstens in einer Talkshow über all das diskutieren können. Für Momente sah ich seine ganze Einsamkeit und Zerbrechlichkeit …

Ich lief bereits: zurück Richtung Fluss. Burger direkt hinter mir, deutlich schneller als ich mit meinem lädierten Bein hätte laufen können. Für Grüße war es einmal mehr zu spät. Wir liefen nur noch. Bei mir war es ein hinkendes Davoneilen, bei ihm ein dienstbeflissenes nach Hause Eilen, vielleicht schon getrieben von ersten Nachrichten oder Gerüchten über meine Rede: Herr Burger, es gab da eine etwas merkwürdige Rede.

Was für eine Rede?

Bitte kommen Sie.

Es ist wirklich dringend.

Kurz vor dem Beginn der Brücke, auf der in zahllosen Kübeln Palmen standen, sprang ich nach rechts, eilte eine dunkle Treppe hinab, folgte einem Schild mit der Aufschrift *Abort* und hinter dem Abort dann einem Pfad Richtung Bootsverleih, der nun (es war bereits Nacht) in völliger Dunkelheit lag und längst geschlossen war. Für einige Sekunden fühlte ich mich dort sicher. Nur ein leichtes Zischen und der ruhig laufende Straßenverkehr zu beiden Seiten des Flusses, auf dessen Wasser die Stadt bereits zu glitzern begann. Erst nach und nach entdeckte ich die gebeugte Gestalt hinter einem Busch, die sich halb knieend an der Kaimauer betätigte. Als würde selbst jetzt noch jemand die Mauern der Stadt reinigen, sogar am späten Abend. Viel zu spät bemerkte ich, dass hier jemand kniete, nicht um die Kaimauer zu reinigen, sondern dass er die Kaimauer unablässig besprühte. Und neben ihm sprühten weitere Schatten. Sie schüttelten Dosen und sie sprühten …

Und in diesem Moment hörte ich auch schon ein lautes *Ha*, das uns mit einem Male von der Brücke aus entgegengerufen wurde, ein weithin hallendes *Ha*, das uns längst entdeckt hatte und das wie ein Lichtstrahl durch die Nacht stieß. Burger stand am Brückengeländer und sah uns. Er sah uns alle. Auch mich. Und das in aller Deutlichkeit. Immer weitere Schatten, die sich ihm an der Kaimauer offenbarten. Ganze Schattenarmeen. Direkt vor Burgers Augen. Links und rechts sprangen die ersten Sprayer auf und flüchteten in verschiedene Richtungen. Einer schleuderte seinen Rucksack in die Luft und sprang ins Wasser. Burger aber rannte bereits Richtung Treppe, begleitet von eilig zusammengerufenen Passanten, während ich hinter einem unscheinbaren Busch kniete. Nur noch eine Frage der Zeit, bis man mich dort entdecken würde. Da ist er! Schneller gestellt als alle anderen. *Captus in actu.* Für Ausreden oder Entschuldigungen war es zu spät.

Ohne es zu bemerken berührte meine Hand eine Kette, eine endlos lange Kette. Sie wirkte auf mich wie eine Kerkerkette. Mein ganzer Aufenthalt in Karlsberg schien sich in ihr zu verdichten, Glied für Glied, bis hinunter zu den Ufern des Flusses, eine nicht mehr aufhören wollende, sich immer weiter windende Kette. Die Ruderboote des Bootsverleihs waren an sie gekettet, bis auf ein einziges Boot, mit leichter Schlagseite, ein offensichtlich reparaturbedürftiges, wenn nicht sogar leckgeschlagenes Boot, in dessen Richtung ich nun Meter für Meter robbte. Burger und die Passanten näherten sich bereits dem Bootsverleih, nicht wissend, welche der Sprayer sie zuerst verfolgen sollten, den im Wasser schwimmenden oder diejenigen, die kreuz und quer durch das Buschwerk der Vorgärten hindurch flüchteten. Burger telefonierte, Burger dirigierte, Burger lief auf und ab, während ich es noch (das Nahen eines Polizeiautos lenkte davon ab) tief gebeugt aus dem Schatten des Busches heraus in das Ruderboot schaffte.

Wie ein Aufatmen klangen die ersten, noch ein wenig knarrenden Ruderschläge. Ich ruderte davon, deutlich sichtbar, deutlich hörbar, ruderte über alle Rufe und Geräusche hinweg, hörte dabei die Echos von Burgers immer lauter werdender Stimme: Da ist er! Dort! Da drüben!

Mein operierter Arm schmerzte. Schon nach wenigen Metern. Als würde der Arm mit jedem Ruderschlag noch einmal neu brechen. All die Schrauben und das Metall im Ellenbogen schienen sich zu lösen. So sehr schmerzte er. In immer neuen Stößen. Wie Stromstöße. Doch ich ruderte weiter, dachte dabei an Angst. Ich verstand nun, warum er sich so genannt hatte. Ich hätte mich selbst so genannt: *Angst*. Oder, wenn nicht Angst, dann

Schmerz. Nicht nur der Schmerz meines Ellenbogens und Beines, sondern ein allgemeiner Lebensschmerz. Ein *Lebensscheiternschmerz.* Immer schon da gewesen. Schon vor der Geburt. Und erst recht danach. Was man auch tut. Oder nicht tut. Schmerz. Im ewigen Hier und Jetzt.

Ich ruderte und ruderte, mit leichter Schlagseite, in Sorge, es könnte immer noch mehr Wasser ins Boot eindringen und ich könnte mitten auf dem Fluss untergehen, nicht in einer stillen Ecke, wie ich mir das vielleicht noch gewünscht hätte, sondern ein weithin sichtbares, kaum noch zu leugnendes Absaufen. In aller Öffentlichkeit: hilflos rudernd, bis zu meinem völligen Verschwinden unter einer dunklen Welle, die über mich hinwegschwappen würde, rudernd und immer weiter rudernd, bis zuletzt.

Ein Stimmengewirr. Und nicht nur Stimmen, die ich hörte, sondern auch eine Art Raunen, das von der Brücke herab meine Flucht begleitete, teils anteilnehmend, dann mich wieder lautstark mit deutlichen Worten und ohne jede Nachsicht verfolgend: Da! Dort drüben! Burger stand wie ein Admiral auf der Brücke. Flankiert von einer immer größer werdenden Menschenmenge, die ihn nun von allen Seiten umrahmte. Die Brücke war jetzt schon eine prall gefüllte Zuschauertribüne. Unzählige Menschen, die sich dort mit Handykameras versammelt hatten. Die Kameras filmten oder sie leuchteten in vielen kleinen Lichtstrahlen in die Nacht.

Ich ruderte, bis mir schwarz vor Augen wurde. Wir hätten ja auf einem Ausflugsdampfer über all das reden können. Warum hatte ich das nicht getan? Mit ihm reden. Über Gott und die Welt. Oder über ihn selbst. Ihn hinhaltend oder beschwichtigend. Zur Not auch auf einem Ausflugsdampfer. Wenn er das unbedingt so will.

Auf der linken Uferseite sah ich ein Polizeiauto, das mir langsam folgte, als hätte es alle Zeit der Welt; auf der rechten Seite fuhren Fahrradfahrer, wie ein gemächlich rollendes Publikum. Hin und wieder gingen Suchraketen in die Luft, die den gesamten Fluss taghell erleuchteten. Immer noch ruderte ich mit Schlagseite. Sie hatte sich mittlerweile noch einmal bedrohlich verstärkt. In meinem viel zu schweren Anzug hätte ich kaum schwimmen können. Ich wäre auf der Stelle ertrunken. *Engländer in Karlsberg ertrunken.* Nicht auf hoher See, sondern in einem völlig unscheinbaren, geradezu belanglosen Fluss. Trotzdem war das Boot – bei aller Schlagseite – immer noch von allen Seiten deutlich zu erkennen: als ein Inbild von all dem, ein Inbild der Vergeblichkeit und Erbärmlichkeit. Da ist er! Da rudert er! Ein Hubschrauber flog durch die Nacht …

Erst als der Fluss eine Biegung machte, brachen die Uferstraßen ab. Die Lichter der Suchraketen wurden mit jedem Meter schwächer. Sie waren nur noch ein entferntes Wetter- oder Hintergrundleuchten, mit den Blaulichtern der Polizeiautos zu einer unwirklichen Farbe verschmolzen. Eine unerwartete Stille. Auch wenn es jederzeit möglich sein konnte, dass Burger und die Passanten sich bereits mit dem Besitzer des Bootsverleihs in Verbindung gesetzt und mit zahlreichen Ruderbooten die Verfolgung aufgenommen hatten. Burger auf dem Bug eines Bootes stehend. Eine ganze Armada anführend.

Doch es blieb ruhig. Nur einige Fledermäuse. Ich ankerte unter einer Trauerweide und rauchte. Der aufgehende Mond verlieh all dem eine gewisse Beschaulichkeit. Und in diesem Moment wusste ich auch, an welche literarische Figur Burger mich am meisten erinnerte, weniger an Dracula oder an Sherlock Holmes, auch nicht unbedingt an Dr. Jekyll und Mr. Hyde, sondern an den Schullehrer Thomas Gradgrind in Charles Dickens' *Hard Times*, der seinen Schülern immer wieder einschärft: *Now, what I want is, Facts. Nothing but Facts. Facts alone are wanted in life. Plant nothing else, and root out everything else.* Fakten. In aller Unerbittlichkeit, Schärfe und Kälte. Nichts davor und niemand dahinter.

Von der Strömung ließ ich mich unter Büschen hindurch weiter flussabwärts treiben, vorbei an den Ausläufern des Schwimmbades bis hin zu den Gartenanlagen des Hotels *Römerbad*, an dessen Steg ich das Boot festmachte. Wenige Minuten später begann es mit einem leisen Gluckern endgültig zu sinken.

Ich entfernte mich so schnell wie möglich. Weg von allen Booten und Andeutungen von Wasser. Mir fehlte es an Geld für ein Taxi. Ich dachte daran, in das Kinderhaus zu laufen, doch der Weg dorthin war kilometerlang. Überall auf den hell erleuchteten Straßen bewegten sich auch noch Passanten, die letzten Reste einer nun auseinanderströmenden, aber womöglich immer noch gereizten Menschenmenge.

Durch einen Seiteneingang gelangte ich in eine spärlich besuchte Hotelbar. Klaviermusik. Wie ein Abgesang. Ein paar verstreute Gäste und eine Schale mit Erdnüssen, aus der ich mich ziemlich ausgehungert bediente. Ich betrachtete meinen Anzug. Für ein solches Hotel schien er gerade noch hinreichend. Obgleich man überall an ihm noch die Spuren von Erdklumpen und Flusspflanzen sah. Die Bar war dunkel genug, um das halbwegs zu verbergen.

Man hätte ihn einfach grüßen sollen.

Herr Bürgermeister, ich grüße Sie.

Und damit wäre es gut gewesen.

Ein Kellner nahm Bestellungen auf. Ich bestellte das kleinstmögliche Bier. Selbst der Preis dafür entsetzte mich, war höher, als ich an Geld überhaupt dabeihatte.

Ich trank in winzigen Schlucken.

When the Going Gets Tough, the Tough Get Going.

Ein Lied, das im Radio gespielt wurde.

Mehrere Male.

The Tough Get Going.

Wenn niemand niemandem mehr helfen kann. Ich helfe dir nicht. Du hilfst mir nicht. Wir alle helfen uns nicht. Wenn jede Hilfe zu spät kommt. Und jedes Mitgefühl nur noch eine Beleidigung ist.

So klang das.

Aber er ist doch gar nicht so klug. Ich dachte an das Mädchen, das ich in meiner Rede erwähnt hatte, und ich war in Sorge, dass man Frau Reinders schon sehr bald zu dem Vorgang befragen könnte. Nicht direkt, aber in beiläufigen Erkundigungen. Was es mit diesem Mädchen auf sich habe? Wie es heiße und wo es wohne? Wie es dazu komme, so etwas zu behaupten …

Dann hörte ich plötzlich, wie mein Name gerufen wurde. Oder vielmehr Burgers Name. *Mister Burger.*

Ich wollte aufstehen und gehen, doch eine Frau, die an der Bar gestanden hatte, kam nun zu mir: *Je suis Marine.* Während meiner Rede hatte sie in der ersten Reihe gesessen. Anmutiger als alle anderen.

Do you remember me?

Vaguely.

Sie wohnte offenbar in dem Hotel.

Sie: *It has been a long day.*

Ich: *Yes, indeed, it has been a long day.*

Meine plötzliche Anwesenheit betrachtete sie wie eine unglaubliche Fügung am Ende eines langen Tages.

That was an interesting speech you delivered.

Indeed?

Yes, indeed. So completely out of the usual. And all of a sudden you were gone. Would you like a glass of wine?

Sie bestellte eine ganze Flasche.

I like your English.

My English?

Your succulent British English.

Sie habe noch nie einen Deutschen so gut Englisch sprechen hören. Und schon gar nicht einen Bürgermeister. Das habe sie wirklich überrascht, ja, sie sogar endgültig von mir überzeugt. Sie hatte früher offenbar einmal ein Jahr in Großbritannien verbracht und fühlte sich durch mich an ihre Jugend erinnert. Jedes Wort war für sie ein Tanz.

So where did you pick up your English?

In England.

You must have lived for quite a long time in England.

Yes, indeed.

Sie sah mich an.

Will you really go to Berlin?

Berlin?

Yes, Berlin.

Why should I?

Everybody seems to talk about you as if you were sooner or later going to Berlin. Your English seems to fit much better into a place like Berlin.

Sie sah mich bereits dort.

Zu ihrer Freude.

Zu meinem Schrecken.

Berlin.

Sie ging zur Toilette und kam noch strahlender zurück, als sie dorthin gegangen war, befragte mich nun zu meinem Rom-Essay und zu meinen Raumfahrtplänen. Ich sagte ihr, die Pläne seien nicht der Rede wert.

Nicht der Rede wert?!

Sie seien sogar völlig absurd. Nur eine Methode, um im Gespräch zu bleiben.

Being talked about.

Talked about?

To be talked about or not to be talked about. That is the question.

Are you drunk?

No.

Yes, you are drunk.

Wir gingen auf die Terrasse und rauchten. Sie sah mich entgeistert an: *You smoke? Do you really smoke?* Ein kategorisches Rauchverbot – und der Urheber von all dem steht vor ihr und raucht. Als wäre das alles nur ein Scherz. Oder als wäre ich schon gar nicht mehr von dieser Welt.

Für einen Moment dachte ich an die Möglichkeit einer nächtlichen Bootsfahrt mit ihr, doch das wäre viel zu gefährlich gewesen. Auf dem Fluss sah man immer noch zahlreiche kleine Lichter. Wie sie wohl reagieren würde, wenn Burger in persona hier an Land gehen und sich neben mich stellen würde? Sie würde ihn wahrscheinlich davonjagen. Derart versunken blickte sie mich nun an. Ich erschrak über ihren geöffneten Mund und die Art und Weise, wie sie in meiner Anwesenheit Burgers Vornamen aussprach. *Listen, Thorwald. Don't you see, Thorwald? What's the matter with you, Thorwald?* Als würde sie mich schon seit Jahren kennen.

Ich ging auf die Toilette und betrachtete mich im Spiegel. Ein Schreckbild. Doch für manche Menschen offenbar nicht schrecklich genug. Durch einen Hinterausgang verließ ich das Hotel. Trotz zahlreicher Passanten und auch einiger Fahrradfahrer, die auf der anderen Straßenseite zu sehen waren. Auf Schleichwegen bewegte ich mich – jede Andeutung von Straßenlaternen weiträumig meidend – Richtung Kinderhaus: durch

Waldgebiete und Buschwerk hindurch, vorbei an einem Magma-Bohrturm und einer Abfallverwertungsanlage, gelegentlich von entfernten Scheinwerfern oder Lichtern aufgeschreckt, dadurch zu immer weiteren Umwegen getrieben. Jede Stimme, jeder Ruf, jeder Gedanke war ein Umweg. Das Gegröle von Betrunkenen. Eine verlassene Hundehütte, in der ich mich für eine Weile versteckte, bis es endlich ruhig war.

Bis es endlich ruhig war.

* * *

Ich beschloss, Karlsberg zu verlassen. Schon am nächsten Morgen. Was sollte ich noch hier? Außer Schulden abzubezahlen oder in Angst und Schrecken zu sein.

Man fühlt sich – gelinde gesagt – in dieser Stadt nicht wirklich wohl. Immerzu schuldig. Über alle Maßen deplatziert und schuldig. Was immer man auch tut. Schuldig! Nicht von hier, und dann auch noch schuldig.

Der Irrsinn von all dem …

Megafone.

Rauchverbote.

Feldstecher.

Seilbahnen.

Panikbrücken.

Spielzeugautoerlasse.

Wehrtürme.

Erkerzimmer.

Begrüßungsdramen.

Verfolgungsjagden.

Und immer wieder der Name Burger.

Burger, Burger, Burger …

Und Berlin.

Berlin, Berlin, wir fahren nach Berlin!

Bis hin zu dem Irrsinn der letzten Nacht. Und die Nacht, sie war ja nicht zu Ende. Sie würde noch weitergehen, Tag und Nacht weitergehen. Weiter und immer weiter. In Gestalt von Vorhaltungen und Anklagepunkten. Die Rede. Die Brücke. Aufgegriffen in einem Meer von Sprayern. Im Angesicht unzähliger Zeugen. Brückenzeugen, Flusszeugen, Habt-ihr-es-nicht-gesehen-Zeugen. Im Klang von Dudelsackdauertönen. In Lawinen sich überschlagender Sätze …

Jetzt reicht es.

Genug ist genug.

Dieser Engländer.

Ganze Dudelsackorchester.

Hofnarr.

Alkoholiker.

Wahnsinniger.

Sprayer.

Straftäter.

Krimineller.

Geduldeter.

Kein Aufenthaltstitel, sondern nur eine Duldung. Falls ich das schon vergessen hatte. Ich hatte es nicht vergessen. Es stand in meinem Pass. *Duldung*. Gerade irgendwie noch geduldet.

Nichts, was ich wirklich falsch gemacht hätte …

Wie bitte?

Nichts, was ich wirklich falsch gemacht hätte.

Corinna war es gewesen, die das gesagt hatte, als ich frühmorgens in ihr Zimmer getreten war und ihr in groben Zügen den Verlauf des vorangegangenen Tages geschildert hatte. Sie war über meinen Anblick entsetzt gewesen. Was nur ist passiert? Der neu gekaufte Anzug war übersät mit Rinde und Erdklumpen, an manchen Stellen hing er bereits in Fetzen.

Wer ein illegales Graffiti anfertigt, dem droht ein Ermittlungsverfahren und eine Freiheitsstrafe von bis zu zwei Jahren oder eine Geldstrafe …

Oder eine Geldstrafe.

Ich hatte es nachgeschaut.

Geldstrafe.

8.724,14 Euro Tilgung und eine Geldstrafe.

Sie versuchte mich zu beruhigen. Oder mehr noch sich selbst zu beruhigen, bezeichnete meine gestrige Rede sogar als einen Erfolg …

Erfolg?

Dank meiner Rede stehe Burger jetzt sogar im Ruf, perfekt Englisch zu können. Von weiteren Anhängern in ungeahnten Schüben noch einmal neu bestaunt. Was wolle er mehr?

Was wollte er mehr?

Ad maiorem Dei gloriam. So behandelte sie das. Die Mehrung Burgerischen Ruhms. Sie war völlig irre. Wir beide waren völlig irre.

Wir hielten einander.

Wir schreckten einander.

Wir beruhigten einander.

Wir liebten einander.

Ein letztes Mal.

Dann lagen wir schweigend.

Ich dachte an die kaum zu glaubende Spannweite von all dem: hier Burgers Staudämme und Weltraumpläne, allumfassend, allgegenwärtig, weltallgegenwärtig …; dort Corinna, die nicht glauben kann, dass auch nur ein einziger Bus für sie halten würde.

Im Netz suchte ich nach Frühzügen – obgleich ich nicht einmal genug Geld für eine Fahrkarte hatte, jedenfalls nicht für eine Fahrkarte nach England.

Ich packte.

Auf einem Stuhl lag ihr Schal. Ein Wollschal. Er lag ein wenig abseits, andeutungsweise gefaltet. Darin sah ich ihre ganze Zerbrechlichkeit.

Es gibt immer noch Menschen, sagte sie …

Wie bitte?

Es gibt immer noch Menschen in dieser Stadt, die …

Die?

Die anders sind …

Anders sind?

Die die Welt anders sehen …

Wer sollte das sein?

Sie nannte Namen.

Ich hörte kaum zu.

Namen und immer weitere Namen.

Ich packte weiter.

Während sie immer noch – geradezu panisch werdend – nach Namen suchte: Dichternamen, Denkernamen, Philosophennamen … Doch was sind diese Namen im Vergleich zu der Welt, in der wir heute leben?

Nichts.

Sie begann zu weinen.

Ich hätte das nicht gedacht.

Aber sie weinte.

Das Kinderhaus war an diesem Tag völlig verwaist. Nur sie und ich. Ich rechnete damit, dass es jederzeit klingeln und irgendjemand vor der Tür stehen könnte. Doch es blieb ruhig.

Sie schaute mich an, immer noch weinend: der Blick einer Ertrinkenden, ein sinkend-versinkender Blick, bevor ein solcher Blick irgendwann wieder Land sieht. Ich nahm ihre Hand. Wie ein Schüler heimlich nach der Hand einer Mitschülerin greift, so fühlte sich das an, ihre wunderbar weiche, zerbrechliche Hand – doch meine eigene Hand, sie war schon gar nicht mehr wirklich hier. Sie war bereits weg.

Weit weg.

Für einen Moment sah ich Burger in einem Raumanzug allein im All schweben, in einer Ansprache an die Welt – allen Einwänden zum Trotz. Er sprach in Gleichnissen und Gleichungen, zeigte auf Kontinente und Subkontinente. Während Corinna immer noch Namen sprach, Dichternamen und Denkernamen, so, als könnte sie die Welt damit noch einmal umstimmen …

Wie ein allmähliches Erwachen aus einem Traum. *A dream within a dream within a dream.* So lag ich da. Allein. Und doch nicht allein. Als wäre ich wieder zurück: in England. Oder noch gar nicht nach Deutschland abgereist. Noch gar nicht abgereist. Nicht mehr neben Corinna liegend, sondern neben einer anderen Frau, die ich kaum wiedererkannte.

⋆ ⋆ ⋆

Ich schaute auf die Uhr: sieben Uhr morgens. Ich wollte aufstehen, doch ich blieb liegen, betastete meine Arme und Beine. Sie schienen unverletzt. Ich genoss das: kein gebrochener Arm, kein gebrochenes Bein, kein Metall in meinem gesamten Körper, kein zerfetzter Anzug, kein Humpelmann, kein Kinderhaus, keine Kinder, kein Burger, kein Tilgungsplan, kein Berlin, kein Deutschland …, sondern immer noch England. *This is Radio 1. BBC.* So das Radio an meiner Seite. Ich atmete durch.

Irgendwann stand ich auf und setzte mich in die Küche, durchsuchte die Fotoalben meines Smartphones: keine Fotos von Karlsberg, keine Karlsburg, keine Seilbahnen, keine Fahrradbrücke – aber auch keine Corinna weit und breit. So sehr ich auch nach ihr suchte. Ich suchte tagelang.

Ich machte Kaffee.

Statt Fotos von Corinna fand ich eine Nachricht von meiner Schwester: Ob ich gut geschlafen habe?

Ich: Mehr oder weniger.

Sie: Was das heiße?

Ich: Nichts.

Pause.

Ich: Ich hatte einige seltsame Träume.

Sie: Träume?

Ich: Man könnte sagen Angstträume.

Sie: Angstträume?

Ich: Oder Lustträume.

Sie: Angst- oder Lustträume?

Ich: Beides zusammen.

Pause.

Man wird ja wohl noch träumen dürfen.

Ich fragte sie, ob sie eine Stadt namens Karlsberg kenne.

Wie bitte?

Karlsberg.

Sie glaubte von einer solchen Stadt irgendwann schon einmal gehört zu haben, ohne sie jedoch wirklich verorten oder einordnen zu können. Als ob es sich hierbei um einen Ort handle, der nirgendwo oder überall sein könnte, hinter jeder beliebigen Flussgabelung oder Flussbiegung.

Pause.

Sie: Wann ich losfahren werde?

Ich: Demnächst.

Sie: Ich solle bitte vorsichtig fahren.

Das versprach ich ihr.

Dank:

Ich danke Julia Aparicio Vogl für die intensive Auseinandersetzung mit dem Text sowie für ihr akribisch gewissenhaftes Lektorat. Ich danke Alfred Klemm für seine Umsicht und Geduld nicht nur bei Satz und Drucklegung des Buches, sondern weit darüber hinaus. Ich danke Markus Geckeler, Markus Orths, Petra Wägenbaur und Ricarda Zelter für wertvolle Leseeindrücke und Anregungen. Schließlich danke ich dem Herausgeber der Reihe und meinem langjährigen Verleger Hubert Klöpfer, der mein Werk nun schon seit über zwanzig Jahren verlegt, ermöglicht und in die Welt trägt.

Joachim Zelter
in der
KRÖNER EDITION **KLÖPFER**

Staffellauf · Roman
192 Seiten, Halbleinen mit Lesebändchen. 978-3-520-76609-0

Professor Lear · Roman
160 Seiten, Halbleinen mit Lesebändchen. 978-3-520-76601-4

Die Verabschiebung · Roman
160 Seiten, Halbleinen mit Lesebändchen. 978-3-520-75201-7

Die Würde des Lügens · Roman
264 Seiten, Broschur. 978-3-520-76605-2

Briefe aus Amerika · Roman
192 Seiten, Broschur. 978-3-520-76603-8

Im Feld · Roman einer Obsession
156 Seiten, Broschur. 978-3-520-76607-6

Der Ministerpräsident · Roman
192 Seiten, Broschur. 978-3-520-76608-3

Schule der Arbeitslosen · Roman
208 Seiten, Broschur. 978-3-520-75205-5